別所 燈　*illust.* ゆのひと

目次

王女はあなたの破滅をご所望です
私のお嬢様を可愛がってくれたので、しっかり御礼をしなければなりませんね
アナスタシア
王族特有の髪色と瞳を持つコノート王国第三王女。あまりにも強大で危険な能力を持って生まれたことで、自分の身を守るために素性を隠し、アリス・レインとして生活している。幼少の頃に助けてくれたセーラのためなら手段は選ばない。
アリス
アナスタシアの仮の姿。セーラの侍女として仕える。

Characters

セーラ

フランネル侯爵家令嬢。
常に弱者の味方であり、聡明で美しいお嬢様。
ある疑いで婚約を破棄されて戻ってくるが…？

ランスロッド

セギル王国で暮らすアナスタシアの婚約者。
冷静な判断力でアナスタシアをフォローするが、無茶をしないかいつも心配している。

グレッグ

ハドソン侯爵家次男。セーラとは幼馴染み。

ヘルズ公爵家

ゲイリー

セーラの嫁ぎ先であるヘルズ公爵家当主。
プライドが高く、冷酷な性格。
実は裏の顔があって…？

パメラ

ゲイリーの妾

ジェーン

ヘルズ公爵家
メイド長

プロローグ

恩を受けたら報いること。
大切な人がいたなら、何を置いても守ること。
そんな家訓を信条として、私は生きてきた。

でも、もしも大切な人を守れなかったら？
恩人でもある大切な人が、下衆に心を手折られ傷つけられてしまったら？
家訓にその答えはない。

だったら痛みを倍にして返してあげる、それが私の流儀。

今から、鉄槌を下しに伺います。

広大なロフォア大陸には、広く語り継がれている伝承がある。

太古の昔、この大陸は魔物であふれていた。

人族の存亡をかけ、たくさんの魔法師や戦士が戦い命を散らしていったが、一向に魔物の侵攻は収まらない。

そこで王家は秘術を用い、異世界から勇者を召喚したのだ。


勇者は鬼神のように強く、騎士や魔法使いを率いて激闘を繰り返す。数年後には魔物はあらかた退治され平和な世の中が訪れた。人々はつかの間の春を楽しんだ。

しかし、今度は時の為政者が勇者の力を利用し、悪事を働き始めた。自分が利用されていることを知った勇者は自らの力を封印し、人に滅ぼされる道を選んだという。


勇者が消えて以降、この世界には時おり「ギフト」と呼ばれる類いまれなる能力を持つ子供が生まれてくるようになった。それには生まれつきのものもあれば唐突に発現するものもある。いずれにしても十歳になる前に力を授かる。

ギフト持ちは希少で、神の恩恵と崇(あが)められ、時代が下るにつれ国や神殿に保護されるようになった。

しかし、ギフトとは神から与えられし素晴らしい能力であると同時に、あまりにも強大すぎて歓迎されないものもある。

人の身に余るギフトを持つ子供は、数十年から百年に一度現れた。時の為政者がそれを利用して大陸に動乱が起きたことも一度や二度ではない。

大戦に疲弊した大陸の人々は、強大すぎる危険なギフトを持つ子供を権力機構に悪用されないように隠すことにした。

以来、もしも強大な力が発現したら、神殿でギフトに制限を加える誓約を結び、善悪を叩き込まれ、大人になるまで権力と関わることなく、時には名も身分も隠し、容姿さえ変えて、ひっそりと育てられることとなった。

第一章　侍女アリスはセーラお嬢様が大好き

ロフォア大陸の肥沃な土地にあるコノート王国にアリス・レインは生まれ育った。

家は裕福な男爵家で、アリスは十五歳になると憧れのお嬢様である、セーラ・フランネルの侍女として仕える願いを叶(かな)えた。

現在二十歳のセーラ・フランネルは貴族学校を首席で卒業した才色兼備な侯爵令嬢で、男性だけではなく、女性たちからも「聡明なご令嬢」、「素敵なお姉様」として慕われていた。

セーラは常に弱い者の味方で、かくいうアリスもセーラに救われた一人だ。それ以来、優しい彼女を慕ってきた。

今年十八歳になるアリスは茶色の髪と瞳を持ち、大きなフレームの眼鏡(めがね)をかけた平凡な少女である。よって、たいていの人が「眼鏡をかけている地味な感じの娘」とアリスを評する。要するに眼鏡しか印象に残らないのだ。

普通ならば、美しい容姿に憧れる年頃であるが、彼女はそんな自分の凡庸な容姿が気に入っていた。

なぜなら、アリスには前世の記憶があるからだ。

前世の彼女は、その世界では珍しい色の髪と瞳を持ち、さらに特殊な能力を有していたので、時の為政者に利用され散々な目にあわされた。そんな数奇な人生を歩んだ彼女は死ぬ間際、誰かを不幸にする特殊能力などいらないと強く望んだ。

だが、それにもかかわらず、今世もまた強大すぎるギフトを持って生まれてしまったのだ。

幸い、アリスが危険なギフトを持っていると気づいた実父が、家宝の魔導具を使ってすぐに封印してくれた。

その後、国の掟(おきて)に従って、アリスは神殿でギフトに制限を加える誓約を結んだ。

一、ギフトは人から強要されて使うことはできない。
二、ギフトは私利私欲のためには使えない。
三、ギフトは己の生命の危機から逃れるため、または大切な人のためのみ使える。

どのような理由があろうともギフトを使った場合、アリスはその反動を受け、肉体的ダメージを負う。なぜなら、アリスのギフトが人の身には大きすぎる力だからだ。

厄介な力を背負ってしまったとアリスは思っている。

しかし、神殿での誓約と家宝の魔導具のおかげで、アリスは平和な日常を満喫していた。これから先も、ギフトを隠して平々凡々な人生を全うしようという考えでいる。前世のように権力者たちの思惑に踊らされるなどまっぴらなのだ。

　アリスは、何げない平穏な日常の中にこそ、本当の幸せはあると知っている。とどのつまり、彼女は大好きなセーラのそばにいられるだけで、その明るい笑顔を見ているだけで、幸せなのだ。

　よく晴れた初夏の昼下がり、フランネル家のタウンハウスの二階にある嫡女（ちゃくじょ）セーラの部屋で、侍女のアリスは鏡台の前に飾りを並べる。

「お嬢様、今日の髪飾りはどれになさいますか？」

　セーラの目の前には、青や緑の石をちりばめた髪飾りや真珠をあしらった耳飾りなど、色とりどりで細工の凝らされた逸品が並べられている。

「ふふふ、どれでもいいわよ、アリス。今日はグレッグがお茶を飲みに来ているだけだから、そこまでめかし込まなくてもいいの」

　そう言ってセーラは困ったように笑うが、眼鏡の奥で茶色の瞳を輝かせるアリスは真剣そのものだ。

「お嬢様、それでしたらこちらの真珠の髪飾りはいかがでしょう？」

　大きく澄んだ瞳が印象的で目鼻立ちは美しく整っている。口元はいつも微笑（ほほえ）んでいるかのように口角がきゅっと上がっていた。セーラのそんな清楚な美貌だけでなく、亜麻色（あまいろ）の髪と新緑色の瞳には、上品な真珠がよく似合う。

「アリスは、グレッグが来ると必ず真珠を勧めるわね」

「それはお嬢様に一番お似合いだからです」

きっぱりと言うアリスに、セーラが楽しそうにころころと笑う。

「わかったわ。アリスのお勧めなら間違いないから、それにする」

「はい、ぜひ！」

アリスは、グレッグが来るとセーラが一番似合うものをと、ついつい考えてしまう。

グレッグは、セーラの幼馴染(おさななじ)みでふたつ年上の好青年だ。彼はハドソン侯爵家の次男で、時おりセーラの元に流行(はや)りの菓子を手土産に茶飲み話をしにやって来る。忙しい仕事の合間を縫っては、セーラの顔を見にフランネル家を訪れるのだ。

グレッグがセーラを愛おしく思っているのはアリスには一目瞭然だが、残念なことにセーラはグレッグをただの幼馴染みとしか認識していないばかりか、グレッグの思いに気づいていないようだ。

セーラは極端に人の気持ちに鈍感なわけではないが、彼女の中でグレッグは大切な友人であり幼馴染みであって、それ以上でもそれ以下でもない。二人の間にあるのは友情だとセーラは固く信じている。

アリスとしては非常に残念なことだ。

ハドソン家は長男が継ぐことに決まっており、次男のグレッグは現在近衛騎士として王宮に仕えている。一方、セーラはフランネル家の一粒種で、跡取り娘だ。そのため婿養子を取らなければならない。

グレッグは精悍（せいかん）な雰囲気を漂わせる気のいい青年で、とてもセーラを大切にしてくれている。そのためアリスは密（ひそ）かにセーラとグレッグがうまくいくことを願っていた。まさに誠実で優しいグレッグはセーラにぴったりの青年である。

アリスとしては素敵な男性と結婚して、セーラには絶対に幸せになってほしいのだ。

こうして、日々お嬢様の幸せを願うことが、アリスの楽しみであった。

セーラは気さくでいつも機嫌がよく、皆に親切に接する。彼女の周りは温かく明るい光で満たされていた。アリスは彼女のそばにいられるだけで満足だ。

アリスがセーラに仕えるようになってから三年になるが、そのことに誇りを持っている。あとはアリスが密かに希望する通りに、グレッグとセーラが結ばれてくれればと思う。三年間グレッグを観察してきたが、情に厚く素晴らしい青年だ。セーラを安心して任せられるのはグレッグしかいないとすら確信している。

こうして、柔らかで和やかな日常は、穏やかに過ぎていき、アリスはずっとそんな日々が続くと信じていた。

そんなある日、セーラの元に王宮での舞踏会の招待状が舞い込んだ。毎年恒例の行事で、外国から賓客も招かれ、大々的に開催される。

アリスは今年もセーラがどんなドレスを仕立てるのか楽しみにしていた。美しく愛らしいセーラは、何を着ても似合う。

午前中のお茶の時間、セーラのためにおいしい紅茶を注ぎながらアリスは質問する。

「お嬢様は、今年どなたにエスコートを依頼されているのですか？」

彼女はワクワクしながらセーラの答えを待った。セーラは独身男性の憧れで高嶺の花。引く手あまたではあるが、今年こそはグレッグにエスコートしてほしいものだとアリスは願っていた。

「そうね。今回もエヴァンにお願いしているの」

エヴァンはフランネル夫人マリーの甥で、伯爵家の嫡男だ。十八歳で婚約者のいない彼にセーラはエスコートを頼んでいる。この国で従弟にエスコートを頼むということは婚約者のいない男女の間によくあることで、周りの誤解を招かないための配慮でもある。

「え！　今年もハドソン卿ではないのですか？」

アリスはセーラの返事を聞いてがっかりした。王宮での毎年恒例の舞踏会にグレッグがセーラをエスコートすれば、婚約者候補として注目されるだろう。今年こそはと思っていたアリスは残念でならない。

「ふふふ、グレッグには無理よ。王宮の警備があるわ」

「そう……、ですよね」

アリスはうなずきつつも、毎年律儀に王宮の警護につくグレッグを少々恨めしく思う。グレッグは高位貴族の子弟なのだからそこらへんはうまく立ち回り、たまにはセーラのエスコートをしてほしいと思う。

だが、清廉潔白な彼はそういう手を使おうとも思わない。そこがグレッグの信頼できるところでもあるのだが、アリスにとっては非常にもどかしく映る。

それでなくてもセーラの元には、年々婚約の申し込みが増えていっているのだ。セーラの婚約が決まってしまうのも時間の問題だろう。

アリスはサロンで待つグレッグの元へ向かうセーラを見て独りごちる。

「お嬢様に、早く結婚を申し込んでくれないかしら？」

二人の間を歯がゆく思っているアリスは、グレッグとセーラを結びつける何かいい手はないものかと頭を悩ませる。

（何かきっかけさえあれば、うまくいきそうなのに）

唯一の救いは、セーラは慈善活動に熱心で、まだ結婚には興味がないことだ。彼女は実に精力的に孤児院を回っては支援をしていた。

セーラはそこで子供たちに文字を教えたり、絵本を読み聞かせたりしている。

裕福な侯爵家に生まれたというのに、金を使って遊ぶこともなく、慈善活動にいそしむ姿を見ているとアリスは尊敬の念を禁じえない。

昼食の後、アリスは買い物に出かけるセーラに付き従い、馬車で市街地に向かう。仕立て屋に寄った帰りに、神殿に併設されている孤児院に向かうとセーラは言う。

「お嬢様、たまにはカフェでゆっくりお茶でも楽しまれたらいかがですか？」

「お茶なら、アリスがいつもおいしい紅茶を入れてくれるし、グレッグが流行りのお菓子を買ってきてくれるから十分よ」

その華やかな容姿とは裏腹に、彼女の生活はつつましやかだ。

「でもお嬢様、王都の人気のカフェにほとんど行きませんよね？　時には遊ぶことも大切ですよ？」

「アリスったら大袈裟（おおげさ）ね。カフェなら学生時代によく行ったし、今でも時々お友達と一緒に行くこともあるわ。もう十分よ。それに時間は有限だから、今は成人貴族としての務めを果たしたいの。もちろん、私自身楽しんで活動しているわ」

確かに孤児院で子供たちの世話をしているセーラは、いつも笑顔を絶やさず楽しそうに見える。

馬車が目的地に着いた。フランネル家が支援している孤児院だ。広い庭があり、建物内は隅々まで掃除され、常に清潔に保たれている。

「わあ、天使みたいなお姉さんが来た！」

馬車から降りた途端、元気いっぱいの小さな子供たちが一斉にセーラに群がる。

「ねえねえ、ご本読んで！」

あっという間に取り囲まれる人気者のセーラをアリスは目を細めて眩しげに眺める。

するとアリスのお仕着せのスカートをつんつんと引っ張る者がいた。振り返るとセーラの周りにいる子供より、少し大きい子供たちが集まっている。

「ねえ、アリス。セーラ様ばっかり見ていないで、読み書きを教えてよ」

「この間のアリスの出した宿題、ちょっと難しかったよ！　もっとやさしい問題がいい」

子供たちが口々に言う。アリスはそんな彼らに囲まれて、建物内にある教室に引きずられるように連れていかれてしまった。

いつの間にかセーラが読み聞かせ担当で、アリスが勉強担当になっている。アリスの教え方はセーラより厳しいけれど、わかりやすいと子供たちには好評なのだ。

「わかりました。教えてあげるから、勉強サボっている子たちも連れてきてちょうだいね。これはとても大切なことなのよ。たとえばね、読み書き計算ができるといい仕事に就ける可能性も高くなるわ。今日はまず綴りから始めるから、さあ、みんな準備して！」

アリスの眼鏡が光を反射してきらりと光る。彼女は手をパンパンと打って子供たちに号令をかけた。

　セーラとアリスが孤児院を出たのは夕暮れ時だ。セーラは孤児たちがきちんとした食事を与えられていることを見届けると、ようやく馬車に乗ったのだ。

「お嬢様、お買い物にかけた時間は一時間で、孤児院には三時間滞在していました。本当にたまには遊んでくださいね」

　アリスの言葉にセーラが笑みを浮かべる。

「何を言っているのよ。あなたもまんざらではないくせに。子供たちに懐かれて、勉強を教えてくれているじゃない」

　セーラの言葉にアリスは顔を赤くする。

「あの孤児院には優秀な子供が多いですから。何人かは上級使用人になれる子も出てくるのではないでしょうか」

　それを聞いたセーラがころころと笑う。

「ふふふ、なんだかんだとあなたが熱心で助かるわ。いつもありがとう。アリス」

「そんな、私はたいしたことはしていません」

　セーラの方がよほどすごいとアリスは思っている。それにセーラはいつも使用人たちにも感謝の言葉を忘れない。

アリスはそんなセーラを誇らしく感じた。セーラの美しさは、顔立ちが整っているということだけではなく、その内面にもあるのだ。

そんなな彼女は眩しいくらいにきらきらと輝いて見えた。


一か月後、王宮舞踏会の日がやってきた。

セーラは淡いシャンパン色の生地に見事なビーズの刺繍(ししゅう)が施されたドレスに身を包み、髪はアップにして金とトパーズの飾りをつけた。セーラの清楚でありながら、華やかな魅力を引き立たせている。

パフスリーブの袖に、肘まで隠れる純白の手袋をはめた、非の打ちどころがない装いにアリスは感動する。

「お嬢様、今日も最高に綺麗(きれい)です」

鏡台の前に立つセーラを見てアリスが感嘆の声をあげると、彼女は恥ずかしそうにほんのりと頬を染める。

「アリスったら、身びいきが過ぎるわ。あなたったら、一日に何回私を褒めれば気が済むの？」

「そんなことはありません。美しいお嬢様に、また婚約の申し込みが増えそうで心配です」

セーラがアリスの言葉に驚いたように目を見開いた。

「アリスは私が婚約してしまうのが、嫌なの？」

「いえ、もちろんおめでたいことだと存じております。ですが、相手によります」

アリスがきっぱり言うと、セーラは笑った。

「アリスはグレッグが気に入っているのよね」

「はい、お嬢様をお守りできるのはハドソン卿しかいらっしゃらないと思っております」

セーラはアリスの言葉に眉尻を下げる。

「アリスったら、二年くらい前からそればかり。もっともグレッグは一番気の置けない友人ではあるけれど」

つまりは結婚相手として意識していないのだろう。正直なセーラの言葉を聞いて、アリスはふと隣国のセギル王国にいる婚約者、ランスロッドを思い出す。

アリスの婚約は家同士の政略的なもので、子供の時分にすでに決まっていた。アリスもランスロッドもお互い忙しくて、最近ではあまり会う機会もないが、セーラの言う『気の置けない友人』という言葉はすんなりと理解できる。

アリスにとっての彼もそんな存在に近いのだ。

一緒に花を摘んだり、かくれんぼをしたり、ごっこ遊びをしたりと、彼の幼い頃の姿を知っているせいか、どちらかというと弟に近い感じがする。

二階の部屋を後にして、アリスはセーラの供をしてエントランスへと続く大きな中央階段をゆっくりと下りた。

「エヴァン、今日は来てくれてありがとう」

「今日はではなくて、今日も、でしょう？　今度はどっちが先に婚約者ができるか競争しない？」

セーラとエヴァンはそんな軽口をたたき合う。

「セーラ、そのドレスとても似合っているわ。アリスの見立て通りね」

エヴァンとセーラのやり取りを微笑ましく眺めていたマリーが口を開く。今夜のマリーは、なめらかな濃紺色のサテン地に、銀の凝った刺繍がちりばめられたドレスを上品に着こなしている。

「セーラ、そろそろ出発するよ」

家長のフィリップの言葉を受けてフランネル一家とエヴァンがポーチに止まる馬車に向かった。女性たちを優雅にエスコートし、乗り込む男性陣を見てアリスはしみじみと思う。

フランネル夫妻は美男美女であり、セーラも彼らの美貌を受け継いでいる。改めて仲のいい聡明な一家だと感心しながら、アリスは従者と共に後続の馬車に乗り込んだ。


王宮に着いたセーラはエヴァンに手を取られ馬車から降り立つ。

ちょうどその頃、雨がぽつりぽつりと降り始めた。どんよりとした雲に月が覆われている。

王宮恒例の舞踏会は毎年晴れることが多いのに、雨とは珍しい。帰りにひどくならないことをアリスは祈った。彼女は後続の馬車から降りるとすぐにセーラの元へと向かう。

「せっかくのお嬢様のドレスが汚れてしまいます」

「アリスったら、そんなに心配しなくて大丈夫よ」

　わずかに表情を曇らせるアリスを見て、セーラは眉尻を下げて微笑んだ。


　王宮内に一歩足を踏み入れると、玄関ホールから奥へと立派な廊下が続く。別世界のように明るく煌(きら)びやかだった。

　高い天井には等間隔に並んだ大きなクリスタル製のシャンデリアが輝き、床には磨き上げられた寄木細工が敷きつめられている。大きな窓は黄金で縁取られ、磨かれたガラスが鏡のように飾り立てた人々の姿を映し出していた。

　アリスは、広く長い廊下をセーラとエヴァンの後について進む。王宮はどこもかしこもピカピカに磨き上げられていて、コノート王国の富が如実に反映されている。

「ねえ、アリス」

　前を歩いていたセーラが、不意にアリスを振り返る。

「なんでしょう？　お嬢様」

　アリスはエヴァンにエスコートされているセーラのそばに寄る。

「あなたも男爵家のご令嬢なのだから、一緒に参加できるといいのに。遠い領地に住む人たちもいるから来る来ないは別にして、国中の貴族が全員招待されているのよ。だから、あなたの元にも招待状は届いているのでしょう?」

セーラはいたずらっぽい笑みを浮かべる。

「私は侍女の身ですから。それに、このような場所は苦手なので」

アリスは曖昧に微笑みながら、首を振る。

「そう、残念ね。あなたがいたら楽しいのに」

セーラは少し寂しげな表情を浮かべた。こんなことは初めてで、怪訝に思いアリスは声をかける。

「お嬢様、何かご不安なことでも?」

「実はね。私もこのような華やかな場所は苦手なのよ」

セーラがアリスの耳元に口を寄せ、ささやく。彼女は社交性があり、いつもそつなく夜会や茶会をこなしていたので、初めて聞く話にアリスは驚いた。

「そうだったのですか?」

「ええ、だから、来年の王宮舞踏会は一緒に出席しましょう?　あなたの婚約者にも会ってみたいし。それにあなたがそばにいたら心強いわ」

それを聞いてアリスは苦笑した。

「とても嬉しいご提案ですが、難しいと思います。私の婚約者は隣国のセギル王国で暮らしていますから。それに本当に王宮で開かれるような大きな夜会は苦手なんです」

きっぱりと答えるアリスにセーラは少し残念そうにうなずいた後、気分を変えるように深呼吸する。

「いつも陛下にご挨拶をする時には緊張するわ。じゃあ、アリス行ってくるわね」

ほんの少し硬い笑みを浮かべ、セーラはエヴァンにエスコートされて両親と共に会場に入っていった。

「いってらっしゃいませ」

アリスはそれを笑顔で見届けてから、使用人用の控室へと向かった。


舞踏会が終わり、フランネル家の馬車が屋敷のポーチに着く頃、雨は本降りになっていた。エスコート役のエヴァンがセーラを気遣ったが、彼女の淡い色のドレスの裾にほんの少し泥がはねる。それを見て、アリスは眉をひそめた。

そのうち、雨はポーチに吹き込みアリスの眼鏡に水滴が落ち、わずかに曇る。

行く時は明るい雰囲気だったのに、馬車から降りた彼らは口数が少なく、フランネル一家もエヴァンも少し沈んでいるように見える。天気のせいだけではないだろう。

アリスは、舞踏会で何かあったのだろうかと気がかりになる。

エヴァンはマリーに引き留められたにもかかわらず、「家族で話し合うことがあるでしょう」と言って再び馬車に乗り込み帰っていった。

こんなことは初めてだ。夜会の後、エヴァンはたいていフランネル家に一泊し、翌朝帰っていくのに。

アリスは嫌な予感がした。


舞踏会の晩以来、ここ数日セーラの様子が少しおかしい。窓から外の景色を見ながらぼうっとしていたり、ため息をついたりとどこかうわの空で普段の快活さがなかった。

それでも別段落ち込んでいる様子はなかったので、アリスはセーラが自ら話すまで待とうと決めていた。彼女のことだ、自分なりに気持ちの整理をつけてから打ち明けてくれるだろうと思ったからだ。

そんな日が一週間ほど続いただろうか。ある日、アリスは昼食後しばらくしてからフィリップの執務室に呼び出された。ちょうどセーラのために午後のお茶の準備をしている時だった。

「アリス、お父様から大切な話があると思うの。私の口から伝える勇気がなくてごめんなさい」

そんなふうに眉尻を下げ申し訳なさそうに謝るセーラを見て、アリスはそこはかとなく不安を覚えた。

アリスが執務室に着くと、すでにフィリップの専属秘書に執事と侍女長がいた。この家の主だった上級使用人たちが集められている。

フィリップは、皆が集まったのを見届けるとおもむろに口を開く。

「このたび、セーラの婚約が決まった」

使用人たちの間にしばし衝撃が走った。しばらくして執事が場を代表するように口を開く。

「お相手はどなたですか？」

「隣国セギル王国のゲイリー・ヘルズ公爵閣下だ。先達て開かれた王宮舞踏会で見初められたのだ」

そう言うフィリップの表情には、わずかに落胆の色が見える。それはその場にいる使用人たちも同じで、皆が初めて聞く名前に困惑を覚えた。

「まさか、お嬢様は隣国に行ってしまわれるのですか？」

フィリップの言葉を待てずに、思わず侍女長が口を開く。それも致し方ないことだ。セーラはなんといってもこの家の跡取り娘なのだから。

「隣国との関係もあるし、断るのが難しい縁談だった。セーラも今回の婚約の件は了承済みだ」

アリスは目の前が暗くなる。

相手はグレッグではないうえに、セーラが隣国の公爵家に嫁いでしまうというのだから無理もない。しかし、今は取り乱している場合ではなく、アリスは決然として口を開いた。

「旦那様、セーラお嬢様の専属侍女として私はついてはいけないのでしょうか？」

アリスは、セーラのためなら隣国で暮らすことも厭わなかった。セーラ一人で行くのは寂しいだろうし、セギル王国には婚約者のランスロッドもいる。どのみちアリスは将来セギルで暮らすことになるのだ。

しかし、フィリップは気まずげにアリスから視線を外す。

「先方に、うちから使用人を連れていく必要はないと言われてしまった」

「それはお嬢様が、たったお一人で隣国に嫁がれるということですか？」

執事が信じられないというような面持ちで、フィリップに確認する。アリスも、隣国とはいえセーラ一人で異国に嫁ぐなんて心細くて気の毒だと思う。

「そういうことになる。それから、大貴族の結婚には準備があるから挙式は一年先の予定だが、先方が早めにセギルの生活習慣に慣れてほしいとのことで、結婚までの一年間ヘルズ公爵閣下の屋敷で暮らすことになった」

「まさか、お嬢様はすぐにこのお屋敷からお発ちになるということですか？」

アリスは驚きに目を見開いた。急すぎて気持ちが追いつかない。

これにはほかの使用人たちも同じで、動揺し、その後落胆した。セーラはこの家の安らぎであり、太陽のような存在だ。

セーラがいなくなれば、きっとこの家は火が消えたように寂しくなるだろう。だが、これは家長の決定だ。覆ることがないのはわかっている。

アリスはがっくりと肩を落とした。

セーラがこの婚約を嫌がっているのならともかく、本人が了承しているのならばどうにもできない。

事実、ここ数日のセーラは、うわの空ではあったが落ち込んでいる様子はなかった。それにフィリップもマリーも常にセーラの幸せを願っているので、彼女に結婚を強要することはないはずだ。それならば、この婚約はセーラの決断ということで、アリスに口を挟む余地はない。

セギル王国は魔導具生産や豊富な鉱山資源の採取を主な産業とし、一方、コノート王国は農業や貿易が盛んな国だ。国力は拮抗していて、昔は戦争をしていた時期もあったが、今は比較的良好な関係だ。

フランネル家にとっては断る理由もないだろう。聡明なセーラなら、国や家のことを考えてなおさらだ。

「ということで、これからセーラが隣国へ行くための荷造りをする」

つとめて事務的な口調でフィリップは告げるが、彼自身浮かない表情をしている。婿養子をもらおうと思っていたのに、一人娘を他国に嫁がせることになったのだ。無理もない。

「そんなにすぐですか？」

アリスはショックだった。ほかの使用人たちも皆、顔色をなくしている。アリスは、こんな形で唐突にセーラとの別れがくるとは思いもしなかった。

確かにセーラの年齢ならば、結婚している者もいる。決して早いわけではないが、セーラについていけないことが何よりも無念でならない。アリスの望みはセーラの幸せを見届けることなのだから。

「先方は早ければ、早いほどいいと言っている。それに、これからフランネル家は後継者を親戚から探し出さねばならない。めでたいことではあるがな……」

気丈にしつつもフィリップも非常に残念に思っているのだろう。

（だいたいハドソン卿がぐずぐずしているから、こんなことになってしまったのではないかしら）

アリスは八つ当たり気味に考えた。

（それにしても、使用人の誰も連れていってはいけないなんて……、何か裏があるのでは？）

勘ぐりたくもなる。気になったアリスは早速ランスロッドに手紙を書いて、ゲイリー・ヘルズの人となりを問い合わせることにした。

「ごめんなさいね。アリス、あなたには直接私から言おうと思っていたのだけれど、なかなか切り出せなくて、こんな形になってしまって」

翌朝、柔らかな日の差す屋敷のサロンで、カップに熱い紅茶を注ぐアリスに、セーラが申し訳なさそうに言う。

「お嬢様についていけないのは非常に残念です。それから、お相手がハドソン卿ではないことも」

　はっきりと口にするアリスに、セーラは淡い微笑みを浮かべる。

「あなたったら、本当にグレッグが気に入っていたのね。でもハドソン家からの申し出はなかったし、私の年齢で婚約者がいない女性は少数派よ。それに一度も外国の地を踏んだことがなかったから少しセギルに興味があるの。アリスの婚約者はセギルにいるのでしょう？　それなら、向こうに行ってからも会えるわ。今度は友人として一緒にお茶を飲みましょう。なんだか、そう考えると心強いし、楽しみだわ」

　いつも通りの明るいセーラに戻っていた。ここ一週間、何をするにもうわの空だったのは突然の婚約に戸惑っていただけだったのだろう。彼女はこの婚約に前向きだ。それならば、アリスも祝福しなければならない。

「お嬢様、改めてご婚約おめでとうございます」

「ありがとう」

　セーラは嬉しそうに微笑んだ。


　数日後、アリスの元にセギルに住む婚約者のランスロッドから返信が届いた。手紙にはヘルズ家は代々資産家で、跡を継いだ一人息子のゲイリーには特に悪い噂(うわさ)はなく、父親の代から慈善活動に積極的な篤志家だと書かれていた。

グレッグでないのは残念だが、それならばセーラにぴったりだろう。

ただ、なぜゲイリーが、舞踏会で会ったばかりのセーラに突然結婚を申し込んだのか謎だ。

セーラが美しいから、ゲイリーが一目ぼれをしたのだろうか。実際そういう殿方は多い。

アリスはセーラがゲイリーとの結婚を望んでいるのなら、それでいいと自分を納得させた。

ただ、ゲイリー本人を実際に見て確認できないのは非常に残念なことではある。

気持ちの整理をしつつ、アリスはさらに手紙の続きを読む。いつものように、アリスに対する愛が延々と書き連ねてあった。

「なんだか、読んでいる方が恥ずかしくなるわ」

決して嫌ではないのだが、アリスは、なぜそれほどランスロッドに慕われているのかわからないので、落ち着かない気分になるのだ。

アリスは、今まで婚約者ランスロッド以外にもてたことがない。たぶん、はっきりと物を言う性格もかわいげがないのだろう。もとより彼との婚約は政略的なものだ。

それなのに、ランスロッドはなぜかアリスを深く愛してくれているようで、そのことがただ不思議だった。


翌日、グレッグがセーラの元を訪れた。もちろん、セーラを奪うためではなく祝いの言葉を告げるためだ。彼の手には菓子ではなく、小さな花束がある。

「セーラ、おめでとう」

フランネル家のサロンで、グレッグはそう言ってセーラに花を贈った。

「ありがとう、グレッグ。あなたから花をもらうのは初めてね」

初めて花を贈るタイミングがこれとは、見ているアリスも切なくなる。

「いつものように菓子の方がよかった？」

困ったように眉尻を下げるグレッグに、セーラは微笑む。

「いいえ、お花って、贈られると存外嬉しいものね」

「よかった。君の幸せを願っている」

自分の気持ちを抑え込み愛する女性の幸せを願う男を見て、アリスはため息をつき、小声でひっそりとつぶやいた。

「はあ、お嬢様のお相手はハドソン卿だと思っていたのに。お嬢様がいらっしゃらない王都なんて寂しすぎるわ」

アリスはサロンの掃き出し窓の向こうにゆるりと目を向けた。晴れ渡った空のもと庭には目に眩しい緑と色鮮やかなバラが咲き誇っている。いつもは輝くように美しく見える草花も、今日ばかりは空疎に見えた。

グレッグが帰った後、アリスはセーラと共に、セギル王国に持っていくものを選別した。

「ゲイリー様は、あまり荷物を持ってこなくてもよいとおっしゃっているのよ。セギルで準備してくださるらしいわ。こちらとは言語こそ同じだけれど、生活習慣も流行りも少し違うそうよ」

　そんな話を聞くとアリスはセーラが心配になる。明るく楽しげに振る舞っているが、心細くはないのだろうか。

「いっそのこと、私を、お嬢様の荷物としてカバンのひとつにでも詰めてもらえませんか？」

　真顔で言いだすアリスにセーラが思わず噴き出した。

「アリスったら、本当に面白いことを考えるのね」

　セーラは荷造りの時も、家を去る時も始終穏やかで笑みを絶やさなかった。

「ねえ、アリス。今生の別れではないのよ。笑顔で見送って？」

　そう頼まれては仕方がない。

　馬車に乗ってセギル王国に発つ彼女をフランネル夫妻やグレッグ、それからほかの使用人と共に笑顔で見送った。

　セーラがセギルに行ってしまったら、アリスは喪失感を覚え、一気に寂しさがこみ上げてきた。

　フィリップとマリーは寂しがったが、侍女の仕事がなくなったアリスはフランネル家を去りしばらく故郷で過ごすことにした。

セーラが発って一週間後。レイン男爵領の特産品である葡萄の収穫祭が始まる前にアリスは失意のうちに家に戻った。今年も収穫を手伝わなければならない――そう思いながら。

「ただいま戻りました。お父様、お母様。それに弟」

「お帰り、アリス。戻ってきてよかった。てっきり『お嬢様』についてセギル王国に行ってしまうかと思っていたよ」

父がほっとしたように言うと、母も嬉しそうに微笑む。

「そうよ、アリス。あなたったら、『お嬢様』に夢中でちっとも帰ってこないんだもの。今年も収穫の時期に帰ってくれて助かったわ」

レイン家には、毎年収穫祭に向けて直轄地の農園を手伝う習わしがある。この時期のアリスは、レイン家の労働力でもある。帰らないわけにはいかないのだ。

「姉さん、お帰り。それから俺の名前は弟じゃない、セドリックだ。王都に行っている間にぼけて弟の名も忘れたのか？」

家族は皆、一斉に話しだす。

いつ帰ってきても賑やかな家で、寂しさを忘れてしまいそうだ。

セーラは思いやりのある人だったから、収穫祭の時期には必ずアリスを実家に帰した。これは毎年の恒例で、『アリス、ご家族があなたの顔を見ないと寂しがるわよ』と言って。こんないい主人がいるだろうか。アリスはセーラを思い出し、涙ぐみそうになった。

「セーラお嬢様がご婚約されてしまったの。どこの誰かもわからない馬の骨公爵様と」

アリスの口から、本音が漏れる。

「これ、アリス。お相手は隣国の要職に就く公爵閣下ではないか。めったなことを言うものではない」

父が困ったような顔でアリスを窘める。

「姉さん、お嬢様の幸せを願ってやれよ」

セドリックが、アリスに残念なものを見るような目を向ける。

「失礼ね。願っているわよ！　相手がハドソン卿だったら、何の文句もなかったのに。私、そのなんとか公爵閣下って方のお顔も見たことないのよ？　納得できると思う？」

「なんとか公爵閣下って……、『お嬢様』も納得済みなら、しょうがないだろう」

アリスの未練がましさに、セドリックはあきれている。

「私だって耐えたのよ！　お嬢様を笑顔でハドソン卿と共に見送ったわ」

思い出すたびにアリスは悔しくなる。

「はあ、そのハドソン卿って人、どれだけ間抜けなんだよ」

セドリックの言葉にアリスは目をむいた。

「間抜けじゃないわ、セドリック。ハドソン卿は人格者なのよ！　本当に近年まれに見る好青年なの。セーラ様のお気持ちを大切にしてずっと待っていたのよ」

アリスはセドリックを相手に力説する。

「その結果、他国の紳士にかっさらわれてしまったんだろう。というか、姉さん、誰目線で物言っているんだよ」

セドリックは処置なしとでもいうように肩をすくめ、首を振る。

「こら、弟、私のお嬢様の何がわかるというの？」

二歳年下のセドリックといつものくだらない言い争いが始まった。普段は仲のいい姉弟だが、セドリックはアリスがセーラの話を始めると突っかかってくる。

母いわく、セドリックは『お嬢様』に夢中な姉にかまってもらえなくて寂しがっているそうだ。しかし、アリスにはとてもそうだとは思えない。

「ははは、アリスが帰ってきて、一気に我が家は賑やかになったね」

勤勉だが、賑やかなことが好きな父が豪快に笑う。

「アリス、お相手がハドソン卿ではなくて、残念ね」

母だけがアリスを慰めてくれた。

実家に帰ったものの、アリスはのんびりしているわけにはいかない。収穫祭に備えて、これから農園の手伝いがある。

繁忙期の今、家族総出で葡萄農園へ向かった。今年も豊作だそうで、アリスは家族と共に葡萄の収穫を手伝った。

一見、庶民的なレイン家ではあるが、実は広大な葡萄農園を持ち、葡萄酒、葡萄ジュースの生産でかなりの収益を得ていて裕福なのだ。

そのうえ、葡萄酒は王都にも卸していて、アリスの提案でレイン商会をつくった。アリスが中心となり、王都で店舗を経営している。父名義ではあるが、実質的な経営者は王都住まいのアリスであった。

鋏（はさみ）を使って葡萄を収穫しながら、父が聞いてくる。

「アリス、王都の店はどうした」

「当面の指示は出しておいたから、大丈夫です」

「帳簿を見せてもらったが、売り上げも上々だな。侍女の傍らで店の世話までするとは、我が娘ながら大したものだ」

父が感心したように言う。

「侍女は、基本的にお嬢様のお話し相手ですし、行儀見習いですから。街に買い物に行ったついでに店を見ていただけです。それに優秀な店主がいるから、私がいなくても店はうまく回っていますよ」

アリスがさらりと言う。

「五年制の貴族学校を二年で終えた姉さんが言うことじゃあ、信用ならない」

セドリックが眉間にしわを寄せ難しい顔で言う。

「あなただって、三年で卒業したじゃない？」

十六歳のセドリックは寄宿舎制の貴族学校を卒業して、今は領地経営について勉強し始めている。

「姉さんに、一年負けた」

「ははは、うちの子供たちは皆優秀だな」

父が嬉しそうに笑う。

「ほらほら、おしゃべりはそこまで、収穫の手が止まっていますよ」

母に注意され、皆一斉に収穫に集中した。黙々と作業が行われる。

アリスと母は摘んだ葡萄を籠いっぱいに入れ、それを桶(おけ)に移す。セドリックと父が重い桶を運んでいく。その繰り返しで、まさに重労働だ。おかげで葡萄農園の女も男も鍛えられている。

アリスも例外ではない。

そのうえ、父は娘と息子に平等に剣術と体術を教え込んだ。

『いざという時に自分の身は自分で守れ。己も守れない人間が人を守ろうなど烏滸(おこ)がましい』

という父の持論のもと姉弟は子供の頃から鍛錬に明け暮れたものだ。おかげで今ではすっかり日課になっている。

その後、収穫が終わると、アリスは男たちが運んできた桶いっぱいの葡萄を近隣の村娘たちと一緒にこの地方に伝わる歌を歌いながら踏む。

しかし、一人だけ帽子をかぶっているアリスは、少々窮屈さを感じている。一応アリスも貴族の娘だから、日焼けはしてはいけないと母が言い、日よけにと帽子をかぶらせたのだ。

「まったく、お母様も厳しいんだか、過保護なんだか」

アリスはぶつくさ言いながらも、毎年のことで慣れた葡萄踏みをこなす。

そういえば、セギルに住むランスロッドがこの様子を見たいと言っていた。しかしセギルを思い出した瞬間、アリスはセーラに会いたくなってしまった。

（ちょっとくらい会いに行ってもいいわよね？　もちろん、ランスロッドに会うついでに）

アリスは自分に言い訳をして、その日の夜に早速セーラに手紙を書くことにした。

今年も天候に恵まれ豊作で、二週間後に行われた収穫祭は、盛大なものになった。

もちろん、料理を振る舞うのは領主の仕事。とはいえ、男爵夫妻は収穫祭の差配で忙しいため、アリスとセドリックが料理作りを手伝う。さらにレイン家の料理人たちの元に、近隣の街や村の者たちも手伝いにやって来る。

領の中心である街の広場には、質素だが頑丈（がんじょう）な木製のテーブルがいっぱい並べられ、肉やとれたての野菜で作ったスープに、葡萄酒、ジュースが領民たちにたっぷりと振る舞われる。

どれも素朴な味わいだが、アリスにとっては最高においしい故郷の味だ。

しかし、今年のアリスは少々荒れていた。

「お嬢様から手紙のお返事がこないなんて寂しすぎる」

セドリックはもう何度も、アリスの嘆きを聞かされている。

「いい加減にしろよ。姉さんの『お嬢様』だって、新しい国でいろいろ慣れなくて苦労しているんだろう。そんな余裕あるわけないじゃないか」

アリスががばりと弟の両腕をつかむ。

「やっぱりそうよね……気苦労が多いだろうし、心細いわよね？　だから私はお嬢様についていくつもりだったのに、ヘルズ家から同行を拒否されたの。お嬢様が慣れない異国で戸惑うことくらい、ヘルズ公爵にも想像できたはずよ。どうして拒否するのかしら？　まったく理解できないわ」

言うだけ言うと、アリスはすとんと木製の椅子に座り、テーブルの上にあるほんのりと発酵しかかった淡く黄色い葡萄ジュースをぐびぐびとあおる。

「はいはい、じゃあ、俺、あっち行ってくるから。ああそれから、返事がないからって、あんまりしつこく手紙を書くなよ。普通に怖いから」

セドリックは姉の相手が面倒になったのか、友人たちの元へ去っていってしまった。

「弟相手にぐちっても仕方ないわね。どうか、セーラお嬢様が幸せでありますように」

アリスは骨付き肉を片手に握りしめセーラの幸せを祈ると、かぶりついた。飲んでは食べて食べては飲んでをひたすら繰り返す。

貴族令嬢にあるまじき行為だが、収穫祭の間だけはとがめる者もいない。どこもかしこも浮かれた人々でいっぱいだからだ。

「お嬢様、王都はどうでした？」

『お嬢様』と聞いてアリスの耳は一瞬ピクリと反応する。だが、ここはレイン領。お嬢様と言ったら、男爵家令嬢のアリスのことだ。

気づけば、子供の頃から見知っている領の娘たちがアリスの周りを取り囲んでいた。

王都にいると埋もれてしまう茶髪茶目で眼鏡以外特徴のないアリスでも、ここでは都会的に映るらしく、帰ってくるとちやほやされる。そのギャップにアリスは戸惑ってしまうこともしばしばだ。

「王都の話を聞かせてくださいよ。やっぱりここよりもかっこいい男性が多いのでしょ？」

テーブル越しに身を乗り出して娘たちが興味津々な様子で聞いてくる。

「そんなことはないわ。あの葡萄の樽や籠も運べそうにないひょろひょろとした人ばかりよ」

アリスは王都の大半の貴族を思い浮かべる。もちろんグレッグ・ハドソンは別だ。彼はアリスがセーラのお相手にと見込んだたくましい青年である。

「え！　王都の男たちはそれほど非力なのですか？」

娘たちがきゃあきゃあと騒ぐ。

「うちの母は女ですけど樽ぐらい運べますよ？」

などと『我が家』の力自慢が始まってしまった。ここでは腕力が物を言う。いくら金があって、顔がよくても葡萄の樽や籠を満足に運べない男は、女たちから相手にされないのだ。

アリスは彼女たちのかまびすしい声を聞きながら、肉をひたすら咀嚼する。

「そうだ！　お嬢様、騎士様とかはどうですか？　特に王宮に勤める騎士様！　憧れるのよね」

「難しい問題ね。お飾りの騎士と実力者とに分かれるから」

「は？　なんですか、それ？」

アリスを中心に、さらに娘たちの輪が狭まった。ここだけ人口密度が妙に高い。アリスが収穫祭の日に、いつまでも広場にいることが珍しいのだろう。ここぞとばかりに娘たちは王都についての質問をぶつけてくる。

「屈強な男性といったら辺境の地に派遣されている兵士や、叩き上げの騎士ね。あとは超エリートだと、近衛騎士かしら、それも連隊によるけれど。というのも、顔と育ちのいい人だけを集めた式典用のお飾り連隊もいるのよ」

アリスは話しながら、グレッグを思い出す。彼は実力派が集まる王宮や王族を守る第一連隊に所属し、そうとう強かったらしい。そのうえセーラの相手として、家柄も申し分なかった。

周りの娘たちは祭りの浮かれた雰囲気も手伝ってか、きゃっきゃっとはしゃいでいて、まだ王都の騎士の話で盛り上がっている。

結局彼女たちが興味を持つのは強い男で、王都のなよっとした大半の男たちには関心を示さないだろう。ここでは力がすべてだ。

それはアリスも同感で、見かけだけの伊達男は好きではない。ふとヘルズ公爵とやらがそうだったら嫌だなと思う。


一週間に及ぶ収穫祭が終わる頃、アリスはすっかり立ち直っていた。やけ食いしたわりにまったく贅肉はつかなかった。日頃の厳しい労働のたまものだろう。

出した手紙に返事がないのは、真面目で几帳面なセーラらしくはないが、便りがないのは元気な証拠というではないかと、アリスは気持ちを切り替えた。

ただ、セーラの幸せを願おうと思う。

それに収穫の繁忙期は終わったが、領地の仕事はまだまだ山積みだ。ワインの醸造をし、熟成度を見て順次王都の店に卸さなければならない。

一番の課題は輸送中に起こる揺れだ。ワインは繊細な飲み物で、わずかな振動でも風味が損なわれてしまう。道路の舗装を完璧にし、セギル王国から魔導具を仕入れて揺れない輸送用の馬車を作ろうかと家族内で議論をした。

アリスは領内の手伝いをする傍ら、王都に出した店の状況も見なくてはならない。時には王都と領地を行ったり来たりすることもある。忙しく働いている間に秋は終わり、冬が来て、いつの間にか春が巡ってきていた。

寂しさはあったもののそれなりに充実した日々で、気づけばセーラとの別れから、半年が過ぎ去っている。

感傷に浸る暇もなく、アリスは領地のために働いた。

第二章　お嬢様が婚約破棄される？

うららかな春の午後、サロンでセドリックとたわいない話をしながら一息ついていると、アリス宛に荷物と一通の手紙が届いた。

荷物の方はランスロッドからで、馬車の揺れを抑えるという魔導具が入っている。

「すごいな、姉さんの婚約者は！　姉さんがお願いすればなんでも叶えてくれるんじゃない？」

セドリックがきらきらと目を輝かせ、感嘆の声をあげる。

「馬鹿なこと言わないの。何かお礼をしなくてはね」

アリスはセドリックの言葉をうわの空で聞いていた。なぜなら、手紙の方の差出人はフィリップ・フランネルになっていたからだ。そうセーラではなく、彼女の父であるフィリップ。

アリスは興味津々で覗き込むセドリックに魔導具を渡すと、ペーパーナイフで丁寧に手紙の封を切った。

そして、その内容に衝撃を受ける。

「なんですって！」

突然叫んで立ち上がったアリスに、セドリックが目を丸くする。

「どうしたの？　姉さん」

「大変、私、今から王都へ行ってくる」

「王都の店で何かあったのか？」

セドリックが途端に表情を引き締める。すっかり次期領主の顔だ。

「そうじゃないの。お嬢様が、セーラお嬢様が婚約破棄されて、フランネル家に戻ってきているって……」

言いながらもアリスはわなわなと震えた。

「え、嘘だろ？」

セドリックは大きく目を見開いた。彼もセーラとは面識はあり、彼女が完璧な淑女だということは知っている。

「嘘じゃないわ。セドリック、あなたの駿馬を借りるわよ！」

アリスは外套をつかむと、サロンから飛び出した。それを慌ててセドリックが追う。

「姉さん、ちょっと待ってよ！　王都まで馬で行くつもりかよ？　落ち着けって。しばらくいることになるかもしれないんだから、とりあえず荷造りして。俺は父上に知らせて、馬車の準備をしてもらうから」

言うと同時に、セドリックはアリスの横をすり抜けて走り去っていった。

アリスは途中馬を替え、一晩中馬車を走らせ、その結果二日後には王都のフランネル邸に着いた。

屋敷を見ても半年ぶりの懐かしさに浸るような余裕はなく、すぐに取り次いでもらった。

するとセーラではなく、フィリップとマリーが出てきた。

「アリス、よく来てくれたわね。遠路はるばるありがとう」

アリスを歓迎してくれたものの、彼らの顔には疲労の色が濃く、マリーは目に涙をためていた。

彼らにはサロンで一服したらどうかと勧められたが、アリスはすぐにセーラに会いに行くと伝えた。

磨き込まれて飴色（あめいろ）になった木製の階段を上り、二階にあるセーラの部屋へ向かう。歩調は自然に速くなり、気づくと小走りになっていたが、見とがめる者はいない。なんだか屋敷全体に活気がなく沈み込んでいるようだ。

ノックすると懐かしい声が聞こえた。しかし、以前よりもその声に張りと明るさがない。

ガチャリとドアを開けると、すっかりやせ細り、面やつれしたセーラがベッドから身を起こした。

「お嬢様……」

アリスはぼうぜんとして、戸口に立ち尽くす。しかし、セーラはアリスを見て、ぎこちない笑みを浮かべた。

「アリス、久しぶりね。あなたに会いたかったわ」

声には温かさと疲労が入り交じっていた。そして、以前の太陽のような明るい笑顔は消えてしまっている。

「お嬢様！　いったい何があったのですか？　こんなにお痩せになって」

アリスはセーラの元へ駆け寄った。セーラはふらつきながらも、ベッドの上でなんとか長座の姿勢をとる。その姿は痛々しく、アリスは胸が締めつけられた。

「お嬢様、無理をなさらないで横になってください」

アリスはセーラの背中を支える。

「アリス、ありがとう。でも大丈夫、寝てばかりいたから、少しの間座っていたいの」

セーラの支えになるように、アリスは背中にクッションをいくつも挟んだ。

彼女の微笑みは弱々しく、目は腫れている。きっと一晩中泣いていたのだろう。まるで一回り小さくなってしまったようだ。

「あちらで何か……ひどいことでもされたのですか？」

儚（はかな）い笑みを浮かべるセーラの瞳は、とても悲しそうに揺れている。

「私が至らなかったのよ」

「え？　お嬢様が至らない？　そんなわけありません！　お嬢様は聡明でいつでも完璧です」

「それは身びいきというものよ。私はすぐにセギル王国の暮らしに慣れる自信があったの。だから、一人でもどうにかなると思っていた……。思い上がっていたのよ。ただの世間知らずだったわ。今回のことではすっかりお父様とお母様に迷惑をかけてしまって……。もうどうしたらいいのか」

彼女の笑顔が徐々に薄れ、表情が曇っていく。弱音を吐くセーラを初めて見た。

アリスは震えるセーラの手を優しく握った。ほんの少し汗ばんでいて、冷えきっている。きっと強いストレスを抱えているのだろう。

セーラを思い、アリスの胸は張り裂けそうになった。

「お嬢様、体の温まるお茶を準備しましょう」

「それよりもアリス、あなたはここをやめたのでしょう。私の世話なんかしなくてもいいわ」

「いいえ、私はお嬢様の侍女です。後でそのことを旦那様とも話してきますね。だから、お嬢様はゆっくりお休みください」

「アリス、ありがとう。気持ちは嬉しいけれど、あなたも忙しいのでしょ？」

こんな状況に陥ってすら、セーラはアリスの心配をしてくれる。

「ぜんぜん、そんなことありません！　跡継ぎの弟がおりますから！　彼は馬車馬のように働くことが好きなので問題ありません」

アリスの言葉にセーラは淡い笑みを浮かべた。セーラからは以前のような活力は感じられず、今にも消えてしまいそうだ。

アリスはほかの使用人たちへの挨拶もそこそこに、同じフロアにある給湯室に移動して茶の準備を始めた。

カモミールティーに焼き菓子をのせたワゴンを押して、セーラの部屋に再び行くと、彼女は暗い表情で昼下がりの柔らかい日の差す窓の外を眺めていた。

まるで別人のようになって帰ってきたセーラを見て、アリスはヘルズ家に腹が立ってならない。

二人でお茶を飲みながら少し話をしたが、セーラは婚約破棄になったのはすべて自分の責任で、両親に申し訳ないことをしたと言うばかり。

半年前まではアリスに心を開いてくれていたのに、今はぴたりと閉ざしている。アリスはヘルズ家に怒りを感じつつも、寂しさを覚えた。

「お嬢様に手紙を書いたのですが、読んでくださいましたか？」

ぽつりとアリスがつぶやけば、セーラは驚いたような顔をする。

「あなた、私に手紙をくれていたの？」

見開いた目に微(かす)かに涙が浮かぶ。セーラはかぶりを振った。

「知らない。知らなかった。あなたが私を気にしてくれていたなんて。手紙を書いても誰からも返事なんて届かなかったの」

それを聞いたアリスの顔色が変わる。

「どういうことですか？」

ここへきてアリスは異常を察した。セーラの身に何があったのかと心配になり、気持ちは急くが、アリスはいったん深呼吸して心を落ち着かせた。

「お嬢様、セギルで何かあったのですか？　誰かに話すと気持ちが楽になることもあると思います」

アリスはできるだけ穏やかに問うたつもりだが、セーラの瞳には怯え(おび)が走る。彼女はうつむくと細かく肩を震わせ、声も立てずに涙を流した。

アリスの胸はキリキリと痛む。

「すみません。しつこく聞いてしまって」

「いいの。いいの。全部私が悪いの」

セーラが力なく首を振る。

「お嬢様に悪いところなどひとつもありません。誰にでも優しくて、心の広いお方です」

アリスは心の底から思っていることを伝えた。

「違う。私が至らなかったの。だから、お父様やお母様にも迷惑をかけてしまった。ただ申し訳なくて……」

首を振り、泣くばかりでセーラは壊れてしまったかのように同じ言葉を繰り返し、何があったのか具体的に語ろうとしない。

（なんで、こんなことになってしまったんだろう）

アリスは暗澹たる気持ちで、変わってしまったセーラを見た。

セーラから何かを聞き出すことはあきらめて、ひたすら彼女を慰めた。自信に満ちて明るく優しかったセーラが、完膚なきまでに自尊心を挫かれている。

それにアリスの目には、セーラが何かに怯えているように映った。

（いったい、ヘルズ家で何があったというの？）

その時、遠慮ぎみなノックの音が部屋に響いた。アリスが返事をしてドアを開けると、グレッグが立っていた。

「やあ、アリス、久しぶりだね。フランネル夫妻から君が訪ねてきていると聞いたから。元気にしていたかい？」

アリスはグレッグを部屋に入れる前に廊下で、彼に小声で問いかけた。

「ハドソン卿。つかぬことをお伺いしますが、セーラ様がセギルに行っている間に手紙を書かれましたか？」

グレッグは首を振る。

「男からセーラの元に手紙が届くのはよくないと思ってね。遠慮していた。今思うと手紙のひとつも書いてやればよかった」

彼は深く後悔しているようだ。

「違います！　悪いのはヘルズ公爵です。では私は旦那様とお話ししてきますので失礼します」

グレッグが驚いたような顔をした。

「君は夜通し馬車を走らせてきたんだろう？　もう少しセーラのそばにいたら？　もしくは休んだらどうだい？」

人のよいグレッグは、元侍女のアリスにまで気遣いを見せる。

「いえ、セーラお嬢様にはハドソン卿がおられますから。やはり心から安心できるお方といらした方が落ち着かれると思います。それと私は一度ここをやめた身ですが、再び臨時で雇ってもらうつもりです」

アリスの言葉にグレッグは深くうなずく。

「それはいい考えだ。セーラもきっと心強いだろう。君にはずいぶんと心を開いていたからね」

アリスはもう一度入室してセーラに断り、フィリップの元へ向かった。


アリスがフランネル侯爵邸に来てから三日間が過ぎた。

臨時雇いの侍女としてアリスはまたセーラの世話をするようになった。

これにはフランネル夫妻も喜んでくれたが、肝心のセーラによくなる気配が見られない。

セーラは食事も喉を通らないようで、いまだに粥(かゆ)を食べている。

そのくせ周りに気を使うところは変わらなくて、アリスの顔を見ると無理にも微笑もうとするのが、逆に痛々しい。

「お嬢様、悲しい時は泣いていいいんですよ。私のことは空気だと思ってなんでも吐き出してください」

しかし、セーラはアリスのそんな言葉に首を振る。

ぽつりとセーラがこぼす言葉に、アリスは怒りを覚えた。

「私は今まで本当に善意に包まれて生きてきたのね」

（ヘルズ公爵は、いったいお嬢様に何をしたのかしら）

アリスはゲイリーを許せない気持ちでいっぱいだった。


昼食後間もなく、グレッグが訪ねてきた。彼は忙しい仕事の合間を縫って、ほとんど毎日のようにセーラを見舞う。たとえ短時間でもセーラに会いに来るのだ。

そんな時、アリスは二人きりにしてあげたくて、そっと席を外す。グレッグならばセーラの笑顔を取り戻せるのではないかと期待して。

アリスはセーラがヘルズ家から帰郷して以来、荷解きがされていない荷物を整理しようと思った。

『セーラは向こうでのことは思い出したくないようで、セギルから持って帰ってきた荷物はそのままにしてあるのよ』

　そうマリーが話していたのだ。

　もしかしたらそこに、セーラがあんなふうに壊れてしまった原因が見つかるかもしれない。

　アリスは一縷（いちる）の望みをかけた。

　早速セーラの部屋の奥にあるクローゼットに入る。中はとても広く、以前と変わりない。そこには舞踏会用のドレスや、デイドレス、普段使いの服がかけられていて宝飾品も置かれていた。それらは用途ごとにきちんと整理され、手入れされている。

　アリスはほどなくしてクローゼットの奥に、荷物が積まれているのを見つけた。

　セーラと一緒にセギル王国に何を持っていくか決めていた頃のことを遠い昔のように感じる。あの頃のセーラの瞳には大きな期待とわずかな不安があったが、笑顔は限りなく明るかった。

　作業の手が止まりそうになり、アリスは慌てて感傷を振り払い荷物を整理し始めた。

　だが、すぐに彼女は異変に気づく。

　明らかに荷物の量が少ない。服や宝飾品が足りないのだ。ざっと見ただけでも、セーラが気に入っていたモスリンのドレス、ルビーの首飾りと耳飾り、サファイアの指輪がない。特に値の張るものばかり足りないのだ。

　それに舞踏会用にあつらえたドレスも見当たらない。

　念のためセーラのジュエリーボックスやクローゼットに下げられたドレスもすべても確認し

たが、そこにも移された形跡はなかった。

それから、カバンに詰められたドレスを仔細に調べていくと、ところどころほつれていたり、汚れていたりと不審な点がいくつも出てきた。

そのうえ、きちんとたたまれていないものも多く、まるで慌てて詰め込まれたようだ。

アリスは、セーラがヘルズ家でひどい虐待を受けていたのではないかと疑わずにいられなかった。

何か証拠になる物は残っていないかと、すべての荷物をひっくり返し、空になった旅行カバンを丹念に調べる。するとカツンと音を立てて、カバンの中から銀色の指輪が落ちた。

拾ってみると男物のシグネットリングだった。アリスは眼鏡を外し、リングを仔細に観察すると家紋らしきものが彫られていた。もちろん、フランネル家のものではない。

だとしたら、ヘルズ家のものだろうかとアリスは考える。

（たまたま荷物に紛れていた？　それともお嬢様が持ち出したのかしら）

しかし、セーラ本人に聞いても何も言わないことはわかっていた。今の彼女はすっかり心を閉ざしている。

このことはひとまずフィリップに報告することにした。

アリスはシグネットリングを持って、早速フィリップの執務室に向かう。

セーラの荷物からシグネットリングを見つけたことを報告すると、フィリップはすぐにマリーと主だった使用人たちを呼んだ。

そして、検証の結果ヘルズ家のものと似ているが、少しデザインが違うという結論に達した。

その後アリスは、セーラの服が持っていった数より減っていたり、ほころびや汚れがあったり、さらには宝飾品がいくつか紛失していることなどもありのままに伝える。

するとマリーはハンカチでまぶたを押さえ、フィリップは苦悩に満ちた表情を浮かべた。

「実は、セーラの婚約破棄についてなのだが、こちらの落ち度ということでヘルズ家側から多額の賠償金と慰謝料を請求されている」

「そんな！　いったいお嬢様が何をしたというのです」

アリスは驚愕に目を見開き、思わずフィリップに向かって叫んでいた。執事は、沈痛な面持ちだ。

「あちらはセーラがヘルズ家の家宝を盗み、金を使い込み、さらには使用人を虐待したと言って、かなり腹を立てている」

「セーラが人様のものを盗んだり、使い込みをしたり、ましてや使用人を虐待するわけがないわ！」

マリーの言葉に執事とアリスが力強くうなずいた。

セーラは、常に弱い者の味方だ。悪事を働くなどありえない。アリスは憤りを覚えた。

「そんな馬鹿なことがあるわけありません！　ヘルズ公爵はいったいどういうつもりなのでしょう？　それでお嬢様はなんとおっしゃっているのですか」

「それが……セーラはすべて事実だと認めているの。謝るばかりで、賠償金を払うために自ら働くとまで言いだしていて。でもセーラがそんなひどいことをするとは思えないの。いいえ、あの子がそんなことをするわけがない」

　悲嘆に暮れていたマリーの表情に、ちらちらと怒りが見える。

「はい、お嬢様は絶対にそのような不正はなさいません。常に弱い者を助けてきたお方です。いろんな状況を見て思ったのですが、お嬢様はあちらで虐待を受けていたのではないですか？」

　アリスのこの思いは確信に近かった。

「ええ、私もセーラのあの様子を見ているとそうとしか思えないわ。自信をなくして、時おり何かに怯えているようで、誰にも心を開けなくなっているの。かわいそうなセーラ……」

　マリーがぎゅっとスカートをつかむ。

「旦那様、奥様、私もお嬢様に落ち度があるとは思えません。お嬢様が認めているのだとしたら、向こうで虐待を受け、何か脅されているのではないでしょうか？」

　フランネル夫妻はそろってうなずいた。

「我々もそう考えていたところだ。だから、絶対に慰謝料も賠償金も払う気はない。たとえ相手がセギル王国の公爵家でもだ。しかし、肝心のセーラが、向こうで何があったのかを語らない」

フィリップは困惑や怒り、悔しさの入り混じった複雑な表情を浮かべる。娘をあれほど傷つけられて怒らない親などいない。

「そこでお願いがあるのですが、このシグネットリングを私に預からせてもらえませんか？」

アリスの申し出に、フィリップとマリーが驚いたように顔を見合わせる。

「どうするつもりだい？」

フィリップが心配そうにアリスを見る。侍女の枠を越えて彼女が何か無茶をするのではと危惧しているのだろう。アリスはもう一押しすることにした。彼らだって真実を知りたいはずだ。

「幸い私にはセギル王国に婚約者がおります。彼にも貴族にある程度の伝手はあるので、多少のことはお調べできます。何よりも真実を知り、お嬢様の潔白を証明したいです」

「アリス、それは危険だ」

「そうよ。無理はしないで」

フィリップとマリーが止める。

「大丈夫です。危なくなったら逃げますから。それに旦那様も奥様も私が腕に覚えがあるのはご存じでしょう？」

アリスは、剣術も体術もある程度身につけていた。それに葡萄農園の作業で培った体力もあるし、かなりの俊足だ。フランネル夫妻はそれを知っている。

「しかし、君は……レイン男爵家の大切なご息女だ」

フィリップが戸惑ったように視線を揺らす。

「大丈夫です。無理はしません。ちょっと隣国の婚約者に会って、ヘルズ家の話を聞いてくるだけです」

アリスがにっこりと笑う。

「アリス、確かに君は強いが……」

なおもフィリップは逡巡し言葉を濁す。決断したのはマリーが先だった。

「アリス、無理のない範囲でどうかお願いします」

いつの間にか涙の枯れたマリーがソファから立ち上がり、アリスに深々と頭を下げる。

「承知いたしました。それから奥様、頭を上げてください。私はただの侍女なのですから」

どうやら壊れてしまったのはセーラだけではなかったようだ。

フランネル一家は社交界からも一目置かれ、慈悲深い篤志家で評判のよい貴族だった。いつも明るく自信に満ちていた彼らが、悲しみやどこにもぶつけることのできない怒りに苦しんでいる。

アリスには到底それを見過ごすことなどできない。

その後、アリスはシグネットリングを丁重に預かり、執務室を後にした。

セギル王国へ発つ決意を胸にして、天井が高く広いフランネル家の廊下を、アリスは靴音を響かせて歩く。

「私の大切なお嬢様を傷つけるなんて絶対に許せない。今から、鉄槌を下しに伺います」

アリスの行動は早く、翌日には隣国に旅立っていた。隣国とはいえ、王都のリリンまでは馬車で片道一週間近くかかる。

アリスは、セーラにしばらくセギルの婚約者に会いに行くとだけ告げた。

「アリス、あなたはきっと幸せになれるわ。祈っている」

そんなセーラの言葉に胸を打たれる。セーラはこれほどつらい状態なのに、人の幸せを願ってくれているのだ。本当なら、アリスはセーラについていたいが、彼女の心はグレッグの深い愛情が癒してくれるはずだと信じて旅立った。

幼馴染みの二人の絆は強く、グレッグの思いは今度こそセーラに届くだろう。

第三章　アリス、セギル王国へ乗り込む

アリスはセギル王国の王都リリンに着くと早速宿を取る。それから、二日ほど街を歩き回り、できうる限り情報収集に努めた。

それから年に数回会うランスロッドを街で一番大きなカフェに呼び出した。アリスは目立つことが嫌いだ。人が多く、広い場所ならば人目につくこともないだろうと考えた。

約束のカフェに早めに着いたアリスは、テーブルにリリンの地図を広げ、ヘルズ家とその周辺の建物や店などをチェックしていた。

ほどなくして店内がざわめき空気が変わる。アリスの前に人影が差した。

顔を上げると眉目秀麗なランスロッドが輝くばかりの笑顔を見せ、大輪の真っ赤なバラの花束を持って立っている。彼の金髪碧眼が眩しくて、アリスは目を細めた。今年十七歳になる彼は会うたびに大人びて、今ではアリスよりずっと背も高い。

「アリス、嬉しいよ。君がセギルに来てくれて、しかも俺を訪ねてくれるなんて」

そう言って彼はひざまずいて、ずっしりと重みのあるバラの花束をアリスに手渡す。

「いつもお花をありがとう、ランス」

バラの花束は彼の気持ちだ。派手で目立つことこの上ないが、アリスは笑顔で受けとった。

カフェにいる女性からは鋭い嫉妬の視線を浴び、男性からは怪訝そうに見られている。無理もない。

さりげなく立っているだけで周りの空気をざわめかせる美貌の持ち主である婚約者ランスことランスロッド。それに対して、これといって特徴のない平凡なアリスと美しく大きなバラの花束の組み合わせはちぐはぐすぎるのだ。

そんな彼には莫大な資産があり、常に護衛がついている。着ている服は濃いグレーの上下だが、上等な品だと一目でわかった。ランスロッドを呼び出したことにより、アリスは大いに目立ち二人そろって店内で浮いている。しかしそれを物ともしないのがランスロッドで。

「君には真っ赤なバラが似合うと思ってね。アリス、また綺麗になったね」

ランスロッドが照れたような笑みを浮かべる。彼はどんな時もアリスを褒めてくれるけれど、彼女は彼がなぜ自分をここまで慕ってくれるのかわからない。彼は一目ぼれだと言うが、アリスは勘違いではないかと思う。きっと子供の頃のすり込みか、何かの記憶違いだろう。

「あなたの方がよほど美しいわよ」

アリスはにっこりと微笑んで、いつものようにさらりとランスロッドの言葉を受け流す。

「そんなことはない。君は美しいよ」

真摯な表情でまっすぐに言うランスロッドに、アリスは初めてドキリとした。一歳年下のせ

いか、なんとなく弟のように感じていた。だが、会うたびに成長して男性らしくなっていく。

アリスは咳ばらいをひとつすると、早速用件を切り出した。

ランスロッドには、手紙でセーラが婚約破棄された経緯を知らせてある。

「ところでランス、あなたが忙しいのは重々承知なのだけれど、頼みがあるの」

「ああ、わかっているよ。君の『お嬢様』の件でしょ。ヘルズ家を調べてほしいんだね」

「いいえ、それについては以前あなたが手紙で知らせをくれたからいいの。今回はあなたにメイドの紹介状を用意してほしいのよ」

「メイド？　まさかとは思うけれど、君がヘルズ家のメイドをやるとか？」

ランスロッドの顔が引きつる。

「ええ。ヘルズ公爵家に勤めたいのよ。侍女になろうにも侍女なんて募集していないのだもの。それにメイドなら、いろんな場所に出入りできて情報が集まりそう。薄汚れたお屋敷からゴミをかき出して捨てればストレス解消もできそうだし、隅々まで綺麗に掃除すればさらにすっきりするわ。それこそ一石二鳥でしょ？」

彼女の眼鏡の奥の茶色の瞳がきらりと光りを放つ。

「一応確認するけれど、君はこの国で何をしようとしているの？　というか何しに来たんだい？　俺に会いに来たわけじゃないっていうのはわかっている」

ランスロッドが少し困ったように眉尻を下げる。さすがに申し訳なくなって、アリスは首を横に振る。しかし、心の中はセーラのことでいっぱいだ。

「確かに今回はあなたに会うことだけが目的じゃないわ。実は、ヘルズ公爵自身についてもっと詳しく知りたくて来たの。ランス、紹介状の名義はあなたではない方がいいわ。できるだけ身元をたどれないものを用意してほしいの。もし私が何かやらかしたら、あなたは知らん顔していてね」

子供の頃から自分を慕ってくれるランスロッドに、あまり迷惑かけたくない。彼はこの国で根を張り、頑張って生きているのだ。

「いつでも何をおいても、俺は君を助けに行く」

決意に満ちた様子で言うランスロッドに心強さを感じ、アリスの心は揺れる。しかし、それも一瞬で、ランスロッドの一途な姿を見ているとアリスの中にふと疑問が湧いてくる。

「そう言ってもらえるのは嬉しいのだけれど……。お嬢様は、お相手から望まれて婚約したのよね。それなのに、心変わりをしてお嬢様をひどい目にあわせたみたいなの。信じられない。いったい何があったのかしら」

本当にわからないというように、アリスはつぶやく。立派な紳士に成長しつつあるランスロッドを前にしていても、やはりアリスの頭の中を占めているのはセーラのことで……。

「心変わり？　わからないな。俺は絶対に心変わりはしない。子供の頃から君一筋だ」

アリスはランスロッドの力強い言葉に目を丸くする。照れるよりも子供の頃から変わらない、そのまっすぐさに驚いてしまう。

「少なくとも、ここは君にとっては異国だ。だから俺を頼ってほしい」

別段むきになることもなく、落ち着いた様子でランスロッドが指摘する。

「確かにコノート王国にいるのとは勝手が違うだろうし、ランスのほうがずっと詳しい。それに王都で顔も利くわよね。ランス、よろしくお願いしますね」

しばらく見ない間に、彼は外見だけではなく、内面も大きく成長したように感じる。

出会った頃は、自分とあまり大きさも変わらなかったのに、会うたびに彼は成長し変わっていく。今は少年から青年へ変わっていく途中にあった。

「任せておいてよ。アリス、くれぐれも無茶はするな。何かあったら、俺を呼んでくれ。君は大切なお嬢様がひどい目にあわされて、怒っているんだよね。必ず君をバックアップするから」

ランスロッドは真剣だ。

アリスは彼の言葉にうなずくと、セーラの荷物に紛れ込んでいたシグネットリングを見せることにした。今は少しでも情報が欲しい。

「これは、お嬢様の荷物に紛れていた物なの。ヘルズ家の紋章を少しアレンジしたようなデザインでしょ?」

ランスロッドがアリスからシグネットリングを受け取って観察した。

「ヘルズ家の紋章は見たことがある。鷲(わし)をモチーフにしているんだ。これは似ているけれど、頭の向きが少し違うね。というより、荷物に紛れていたってどういう状況？」

アリスはシグネットリングを見つけた時の様子をランスロッドに手短に話した。

「なるほどね。君はこのシグネットリングに糸口があると考えているわけだ」

「そうなの。もしも何かわかることがあったら、教えてほしいと思って」

「今のところはなんとも言えないが、何か表に出せない書類に使っているのだろうね」

「私もそう思っている。だから、お嬢様は持ち帰ったのではないかと考えているの」

聡明なセーラのことだ。なんらかの意味、あるいは事情があって持ち帰ったに違いない。

「俺の方でも調べてみる。アリスは、あまり無理しないで」

「わかったわ。あまり頭に血が上らないように気をつける」

アリスの言葉にランスロッドは苦笑する。まったく信用していないようだ。我ながら説得力がないと彼女も思った。アリスは、セーラのこととなるとつい暴走してしまう。

それから、ランスロッドは照れたような笑みを浮かべ、「最近アリスとは手紙のやり取りばかりで会っていないだろう？　君がこうして、セギルに俺を訪ねてきてくれたのは久しぶりだから、プレゼントを贈りたいんだ。何か欲しいものはない？」と聞いてくる。そういうところは変わらない。

アリスはもともと物欲がなく、欲しいものがあれば自分の稼いだ金で買っていた。

「ありがとう。気持ちは嬉しいけれど、特にこれといってないわね」

今までの人生で、アリスはあまり人にものをねだることはなかったし、特に今はセーラのことで頭がいっぱいだ。

「そう言うと思った。アリスは誰かに何かを期待する人ではないからね。今日は俺から、贈りたいものがあるんだ」


今では見上げるほど背の高くなったランスロッドにエスコートされて店を出ると、アリスは彼が用意した馬車に乗った。

馬車に乗るとほっとする。店にいる間、ランスロッドの目立つ美貌のおかげで注目を浴び続けたからだ。しかし、当のランスロッドにはまったく気にする様子はなく、揺らぐことない彼の視線はアリスに注がれていた。

馬車の中で向かい合って座った二人の間に、バラの香りがふわりと広がる。アリスは自分の横にそっと花束を置く。

「アリス、セギルまで来てヘルズ公爵家を探ろうだなんて無謀だと思うけれど、引く気はないんだろう?」

アリスは決意を込めてうなずいた。

「だが、どうしてそこまでしてお嬢様を守ろうとするんだ」

彼の疑問ももっともだと思った。

ランスロッドはアリスが一度決めたら必ずやり遂げることをよく知っているので、止めはしない。

「十年以上前に、コノート王国で、女児の誘拐事件が多発したのを覚えている？」

彼に協力を仰いだ以上話しておくべきだと感じた。

「ああ、コノートの貴族の子供は綺麗な子が多いから、さらわれて高値で奴隷として売られたという事件だろ」

「お父様は都合の悪いことはあなたに話していないと思うけれど、私もさらわれたの」

「なんだって？」

ランスロッドが驚きに目を見開いた。

「あれは五歳くらいの時だったかしら、お嬢様もまだ七歳だった」

「君たちは二人一緒にさらわれたのか？」

アリスは淡々と過去の誘拐事件を語り始めた。

とある屋敷で行われた茶会の日、きっかけは覚えていないが、アリスはセーラに遊んでもらっていた。バラの咲く庭園でセーラは幼いアリスに歌を教えてくれた。

その時二人はなんの前触れもなく、給仕に化けた奴隷商人たちの手先にさらわれたのだ。大人たちはすぐに異変に気づいたが、屋敷に内通者がいたせいでまんまと取り逃がしてしまった――。

◇

アリスとセーラは舌を噛みそうなほどガタガタと揺れる幌のついた荷馬車に積み荷と一緒に乗せられ運ばれた。二人は縛られていたわけではないが、猛スピードで走る馬車から飛び降りることなどできない。

アリスは心細くて、しくしくと泣く。

「お母様に会いたい。お父様に会いたいの」

「大丈夫よ。お姉さんが会えるようにしてあげるから」

セーラがアリスの背中を優しくなでた。

「セーラお姉さんが？」

「そう。私があなたを守ります」

セーラは優しく微笑んでアリスを抱きしめる。アリスはやっと泣きやんだ。

しばらくするとセーラは、首につけた薄緑の宝石の丸い粒が連なったネックレスを外した。

幼いアリスはその宝石の名前を知らない。ただ綺麗な石だと思って見ていた。

「それをどうするの？」

アリスが不思議そうに首をかしげるとセーラはにっこりと笑い躊躇なく、綺麗なネックレスを足で踏みつけ、引きちぎった。美しく上品な緑の光を放つ宝石はパンと音を立てて床に散る。アリスはセーラの行動にびっくりした。

「せっかくの綺麗なネックレスが！　セーラお姉さんの瞳と同じ色をしていたのに」

「ふふふ、ありがとう。魔石の粒を集めるのを手伝ってくれる？　馬車が揺れるから、気をつけてね」

「この宝石、魔石っていうの？」

「魔導具を作る時に使う材料らしいわ。でもネックレスは魔導具ではないからなんの力もないけれど」

二人の少女は、揺れる馬車の中で魔石を集めた。

すると今度はセーラが一粒ずつ、魔石を馬車の外に放り投げるので、アリスはびっくりした。

「綺麗な魔石を捨てちゃうの？」

「そうよ。これは私たちが帰るための道しるべ」

「道しるべ？」

「さっきまで、街中を走っていたけれど、今は森の中。道しるべがないと帰り道がわからないから」

アリスは今どこを走っているかなんてちっとも気づかなかった。ただ怖くて泣いていただけだ。でも今はセーラがいるから大丈夫、そんな気がした。

「目的地に着いたら、私たち二人で泣くふりをするのよ」

すっかり泣きやんだアリスを見てセーラが言う。

「どうして?」

「怖がっていると思われていた方が逃げやすいから」

「逃げやすい?」

セーラの言葉にアリスは目をぱちくりして、それからうなずいた。よくわからないけれど、きっとセーラの言うことが正解なのだろうと幼心に感じた。

しかし、アリスは屈強な男たちにより馬車から引きずり降ろされ、怖さのあまり、ふりをするまでもなく大泣きした。

暮色迫るなかで、二人はそのまま粗末な小屋に連れていかれ、小さな部屋に閉じ込められた。高い位置にある窓からはガラス越しに夕日が差している。床板はところどころ木が腐っていてカビくさく、ささくれだった木製のテーブルと、椅子が一脚あるのみで、ベッドはなかった。アリスは怖くて大声をあげて泣いた。

やがて日はとっぷりと暮れ、夜のとばりが落ちる。明かりのない部屋の中で、アリスはただ恐ろしかった。今度はセーラも慰めてくれない。アリスは心細くて大声で泣き続ける。

「お母様に会いたいよ、お父様に会いたいよ!」

ドアの外から、男が怒鳴る声が聞こえる。

「うるせえぞ! ガキ」

アリスは余計怖くなって涙が止まらない。

「畜生、クソガキが！」

古い木製のドアがドンと大きな音を立てる。いきり立った男がドアを蹴ったのだ。それから男たちがぼそぼそと話す声が聞こえてきた。

「ガキどもは売り物なんだから、とりあえずここに閉じ込めておけ。間違っても殴ったり、蹴ったりするなよ。傷がついたら高く売れなくなるからな。そのうち疲れて静かになるだろ。今までのガキもそうだった」

男たちの言っていることの半分も理解できなかったが、何か恐ろしいことが起きているようでアリスは怖くてたまらない。

「怖いよう、お母様助けて」

アリスが、声がかれるほど泣き続けていると、優しい手がぽんぽんと銀髪の頭をなでる。見上げるとセーラが微笑んでいるのがわかった。

「いい子ね。あなたのおかげで準備ができたわ」

けろりとしたセーラの声を近くで聞いて、アリスはびっくりして泣きやんだ。彼女の目には涙も怯えもない。

「準備って何？」

「しーっ、これからは音を立ててはダメよ。あの怖いおじさんたちに私たちが寝たと思わせるの」

セーラが内緒話のようにささやいた。

「それで、どうするの？」

アリスもこそこそと話す。するとセーラが窓の方を指さした。

「あれによじ登って逃げ出すの」

いつの間にか、テーブルは窓の下に移動され、その上に椅子がのっていた。アリスが大声で泣き叫んでいる間にセーラが移動したのだろう。開け放たれた窓からは、見事な満月が見えている。部屋に入った時、窓は閉じていたので、きっとセーラが開けたのだとアリスは思った。

「でも、どうやって？」

「あなたは小さいから私が手伝ってあげる」

そう言ってセーラは細い腕で、アリスがテーブルによじ登るのを手伝った。それから、アリスは小さな手で椅子によじ登る。

やっと窓の外が見えた。

「ここから飛び降りるの、怖いけれど頑張って。そうしたら逃げ出せるから」

セーラが勇気づけるようにアリスに言った。

「大丈夫、怖くない。セーラお姉さん、高いところから飛び降りる時は足から落ちて衝撃を逃すために、転がるのよ」

「え？」

　セーラがキョトンとした顔をする。

　アリスは怖がることなくあっさり飛び降り、転がって見事に着地を決めた。次にセーラが飛び降りた。彼女は少し体勢を崩したが、土が柔らかく地面に草が生えていたのでなんとか着地できたようだ。

　それからセーラはアリスの手を引いて走った。

　だが、アリスは初めて見る暗い夜の森が怖かった。黒々とした木々に時おり聞こえてくる葉擦れの音や獣の鳴き声が不気味だ。そのうえ、道もわからないので、アリスは再び紫の瞳から大粒の涙を流し始めた。

「こわいよ。おうちに帰れない」

「大丈夫よ。道しるべを落としておいたから。ほら、見て。あっちよ」

　セーラが指さす先には魔石の粒が淡い緑の光を放っていた。今夜は見事な満月で、てんてんと黒い土の上に、魔石が落ちているのが見える。

「セーラお姉さんは、怖くないの？」

　アリスは淡い光を放つ魔石を大切そうに拾うセーラの背中に声をかける。

「この魔石はね。お祖母様の形見なの。お祖父様と旅行したセギル王国で魔石の色が気に入って特別にネックレスにしてもらったんだって。だから、怖くない。きっとお祖母様が私たちを守ってくれる」

セーラが自信たっぷりに言うので、アリスはほっと胸をなで下ろした。

「ねえ、セーラお姉さん、あっちにも落ちているわ」

アリスも積極的に探して拾い、二人は力を合わせて、魔石を集め始め森の出口に向かって、歩を進める。

片手いっぱい集めた頃だろうか、小屋の方角から、男たちの騒ぐ声が聞こえてきた。

「ガキどもが逃げたぞ！」

男の野太い声にアリスはびっくりして、せっかく集めた魔石を落としてしまう。

「捜せ！」

生い茂る木々の合間から、たいまつの炎がちらちらと見える。セーラは拾った魔石をためらうことなく茂みの向こうに投げ捨てると、恐怖に震えるアリスの手を引いて走りだした。

「セーラお姉さん、魔石が！」

「いいのよ。手に持っていて落としてしまったら、私たちがどこへ逃げたのかバレてしまう」

セーラはアリスを元気づけるようにぎゅっと手を握って走る。

しかし、まだ幼いアリスは大きな木の根につかえて転んでしまう。

膝をすりむき、おろしたての靴のせいで足も痛みだし、アリスがべそをかく。

「背負ってあげる」

　セーラはアリスに背を向けてしゃがみ込んだ。

　アリスは泣きながらセーラの背にしがみつくと、彼女はよたよたとそれでも前に向かい歩き始めた。

「おい！　ガキどもがいたぞ！　あそこだ」

　とうとう男たちに見つかってしまった。

　するとセーラはアリスを茂みに隠す。

「絶対に声をあげちゃダメ。あなたなら小さいからここに隠れられるはず」

　言うや否やセーラは走り始めた。

　すると男たちがセーラを追い始めたので、アリスはびっくりした。

「セーラお姉さん、危ない！」

　茂みから飛び出したアリスが男たちに見つかり、捕まりそうになるとセーラは引き返してきて、アリスを背にかばい両手を広げる。

「ガキが、手間かけやがって」

　まさに男がセーラとアリスを捕らえようとした瞬間。

「そこまでだ！」

　小屋とは反対側の森の暗闇から凛（りん）とした声が響き、たくさんの兵士たちが突如として現れた。

　彼らはあっという間に男たちを取り囲み、縄を打ち据えた。

「よかった」

セーラはアリスを抱きしめ頭をなでると、ばったりとその場に倒れ込んだ。

事件から三日後、過労による熱とケガで寝込んでしまったセーラを、アリスは見舞った。

セーラは窓から飛び降りた時に着地に失敗してケガをしていたのだ。

「セーラお姉さん、私を助けてくださって、ありがとうございます」

「私は当然のことをしたまでです。自分より小さな子供を守るのは年上の子の役目だから」

セーラは優しくアリスに微笑みかけた。

◇

——話を聞き終えたランスロッドはほっとため息をつく。

「アリスが無事でよかった。ということは俺にとっても『お嬢様』は恩人になるのかな」

ランスロッドが顔を引き締める。

「私は、あれほど勇敢で優しい人を知らない。そんなお嬢様の心を挫く奴がいるなんて許せないのよ」

強い口調で言うアリスに、ランスロッドはうなずいた。

「わかった。紹介状の件は任せておいて。絶対に君が受かるように書いておくから」

二人が話している間に、馬車は宝飾店の店先に着いた。

「ずいぶん立派なお店ね。あまりすごいものをいただいても困るのだけれど」

馬車を降りて石造りの立派な店を見上げた。

ランスロッドなら大粒のダイヤやルビー、サファイアなどをアリスに贈りかねない。あまり高価な物をもらっても、これからメイドとして働こうとしているのに、隠し場所に困ってしまう。

「大丈夫、君にずっと身につけていてほしいから、大袈裟な物は買わないよ」

店に入るとすぐに従業員がやって来て、奥の間に通された。彼は事前に連絡を入れていたようだ。

奥の間に通されるということは、そうとう高価な石で作られたものなのではないかと戦々恐々としていたアリスだったが、プレゼントされたのは白金（プラチナ）の細い鎖に透明度の高いアメジストのチャームのついたシンプルなペンダントだった。

「素敵ね」

アリスは一目で気に入った。

「少し地味かもしれないけれど、肌身離さず持っていてほしいから。それならメイド服の下にもつけておけるでしょ？」

そんなランスロッドの言葉に込められた思いに、アリスはドキリとした。彼はこのネックレスを片時も離さず持っていてほしいのだ。

「わかったわ。そうする。ありがとう」

彼がアリスのためを思って選んでくれたことがわかる。さりげなく見えて、恐らく特注で作られた高価な品なのだろう。よく見るとアメジストのカットも鎖の細工も凝っている。

あまり大きなアクセサリーをもらってもこの地では収納場所に困るところだった。彼の心遣いがアリスは素直に嬉しい。

先ほど手渡されたド派手なバラの大きな花束とのギャップに、思わずアリスの口元はほころんだ。

アリスが思っているより、ランスロッドは彼女を理解している。

アリスは自分でも意外だったのだが、他人に漏らしてはいけないと両親から口止めされていた子供の頃の誘拐事件のこともあっさり彼に話してしまった。

いつの間にか彼を信頼し、気を許しているのだろうかとアリスは自問する。

しかし次の瞬間、そのうち結婚するのだから、秘密があるなら今のうちにきちんと話しておいた方がいいと思い直した。

「そうだ。あとひとつ君に紹介したいものがあるのだけれど」

ランスロッドが楽しそうに青い瞳を輝かせる。

「いったい何？」

「ちょっとこれから、公園に付き合ってくれる？」

「いいけれど」

公園に行くには張りきりすぎている彼に、アリスは首をかしげた。

馬車はランスロッドの指示で、王宮にほど近い場所にある大きな公園に向かった。

ランスロッドにエスコートされ、花壇や噴水の広場を過ぎる。その先には人気（ひとけ）のない森が広がっていた。

木漏れ日の下で、ランスロッドが足を止め、懐から小さな笛を出す。

「もしかして、犬とか鳥とか、自分のペットを見せてくれるの？」

「うん、当たり」

いたずらっぽい笑みを浮かべるランスロッドの様子に、アリスはちょっぴりワクワクしてきた。彼が懐から小さな笛を取り出して吹くと、ピーッと細く小さな音がして、一羽の黄色い小鳥が空から舞い降りてきた。そして慣れた様子ですとんとランスロッドの肩に止まる。

その小鳥はカナリヤに似ていた。しかしアリスの直感は、それが別のものであると告げている。

「すごくかわいい……。でもそれって、普通の鳥ではないわよね？」

「ふふふ、さすがアリス、見破られちゃったね」

そう言って、ランスロッドが肩から指に小鳥を止まらせる。

「気配が違うもの。あなた、魔物を飼いならしたの？」

「そういうこと。こいつはすごく賢いんだ。これをアリスとの連絡手段に使おうかと思ってね」

そう言って、ランスロッドはもうひとつ小さな笛を出して、アリスに渡す。

「人の耳では聞き取りにくい周波数だから、いつ吹いても大丈夫だよ。何かあったら、こいつの足に手紙をつけて空へ放せば、俺のところに戻ってくる」

「わかったわ。ありがとう。でも私に懐くかしら」

アリスが小首をかしげる。

「訓練を受けているから問題ないよ。それから人の食べ物ならなんでも食べる。触って、餌づけしてみる？」

「そう？　じゃあ、少しだけ」

魔物とはいえ、かわいらしい外見にアリスは先ほどから触りたくてたまらなかったのだ。

触れるとピクリと一瞬反応したが、アリスになでられるままに小鳥はおとなしくしていた。

柔らかくて温かい。まるでひな鳥のような触り心地に思わずうっとりする。

「かわいい、いい子じゃない」

アリスは目を細めて口元をほころばせた。

「よかった、アリスが気に入ってくれて。少し遊ぶと君を覚えるよ。この後、この鳥と遊んでみる？」

「え？　いいの？」

アリスの瞳が輝いた。小鳥がアリスの腕に止まる。人懐っこいようだ。

「で、この子の名前はなんというの？」

ランスロッドは一瞬言いよどむ。

「カナリヤ」

「え？　カナリヤじゃないけれど……。カナリヤに似ているから？」

「そいつを飼い始めたのは八歳の時なんだ。仕方ないだろう」

ランスロッドが肩をすくめる。

「え？　この子いくつなの？」

「さあ、俺より長生きするんじゃないかな。長寿種の魔物だし」

その後アリスは、ランスロッドとカナリヤと公園でしばらく遊び、夕暮れ時に再びランスロッドにエスコートされ、宿への帰途についた。

「今日はありがとう、忙しいところを抜けてきてくれたんでしょ？」

馬車の中で向かい側に座るランスロッドにアリスは礼を言う。カナリヤはすっかりアリスに懐き、今はアリスの手の中にいる。

「どうってことないよ。いつでも連絡して」

優しい笑みを浮かべるランスロッドにカナリヤを返すと、彼の肩にちょこんと止まる。

アリスは異国において、彼がいることに心強さを感じた。

しかし、その一方でセーラに思いを馳せる。彼女は異国で誰も味方がいなかった。どれほど心細かっただろう。

アリスは宿を取ったと言ったが、ランスロッドはそこでは安心できなかった。結局別の宿に彼女を連れていく。

「大丈夫よ。そんなに心配しなくても」

そう言ってアリスは笑ったが、ランスロッドは彼女が心配でならない。アリスは鉄のような強い意志を持っているが、その分無茶をしやすいのだ。

アリスを部屋まで送り、馬車で職場に戻るランスロッドは、アリスと出会った頃のことを思い出す。

もともと二人は親の決めた婚約者同士で、アリスが七歳、ランスロッドが六歳の時に初めて顔合わせをした。

場所はセギルの片田舎、当時六歳だったランスロッドは日に透けるさらさらな銀髪にきらきらと輝く紫の瞳が美しい彼女に魅了されたのだ。彼女の見た目は天使のように愛らしく、瞳には強い意志が宿っている。およそランスロッドの周りには見ないタイプの少女だった。この話をするとアリスは『きっとあなたの記憶違いよ』とからからと笑うがそんなことはなく、彼女との出会いは衝撃的だった。

その後彼女はしばらくセギル王国に滞在することになり、子供同士ということもあって二人はすぐに打ち解けた。当時の彼女は、とてもお転婆な女の子だった。

きっと今もその本性は変わらない――。

◇

ある日、ランスロッドが彼女のために庭でシロツメクサを摘んでいると、本人がやって来た。

「ランス、私の方がお姉さんだから、あなたのことは守ってあげるね」

眩しい笑顔で言う彼女に、ランスロッドはさらりと金髪を揺らして首を振る。

「違うよ。君は俺の婚約者でしょ？　だったら、君を守るのは俺の役目だ」

ランスロッドには早いうちから教育が施されており、家庭教師から紳士としての心得を学んでいた。

「私は年上だから、お姉さんなの。お姉さんはね、自分より小さな子を守るものなのよ。そうセーラお姉さんが言っていたわ」

『セーラお姉さん』というのは彼女が尊敬する見目麗しく賢い淑女だそうで、たびたび彼女の口からその名前が飛び出した。そんな時、ランスロッドは子供ながらに対抗心と嫉妬心を燃やす。彼女と一番仲がいいのは自分だと思いたかったのだ。

「俺は小さな子なんかじゃないし、君と一歳しか違わない」

しかし、彼女はむきになるランスロッドの頭を優しくなで、相手にしてくれない。ランスロッドはそれを不満に感じる一方で、彼女より年下の自分に対しても苛立ちを覚える。

彼が彼女の態度になんともいえないもどかしさを感じていたその時、突然茂みから、魔物が現れた。怪しく光る血のような赤い瞳にオオカミのような体躯だが、それよりはるかに大きい。フェンリルだ。気づくと二人の子供は数匹のフェンリルに囲まれていた。

まだ距離はあるが、初めて魔物を目にしたランスロッドの体は恐怖で動かない。しかし、己の婚約者を守らねばとハッとした彼は、彼女の手を引いて逃げようとした。

「危ない。早く逃げよう！」

ぱっと彼女の腕をつかんだが、彼女はじっとフェンリルに視線を注いだまま動かない。

「ランスロッド。逃げても無駄よ。逃げたらすぐに襲いかかってきて、体を食いちぎられるわ」

彼女が落ち着いた静かな口調で告げる。まるで己の死を覚悟したかのように。

その瞬間一頭のフェンリルが茂みから踊り出し、距離を詰めてきた。彼女がランスロッドを守るように前に立ち両手を広げた。

「ランス、逃げて！」

「嫌だ！　俺が年下だからって！」

背中にかばわれたランスロッドが再び前に出ようとすると、彼女がそれを一喝する。

「違う！　そうじゃない。あなたはこの国のために生きる人。こんなところで死んではいけないの。絶対に私が守る」

ランスロッドの前に、ふわりと銀髪を風になびかせ、彼女が立ちはだかった。

魔物が彼女に襲いかかり、ランスロッドが彼女をかばおうとした瞬間。彼女の体はカッとまばゆい光に包まれた。

すると辺り一面に煌々（こうこう）と輝きが広がり……。あまりの眩しさにランスロッドの目がくらみ混乱する。そして彼が我に返った時には、魔物はいなくなっていた。

彼女はその時初めてギフトに目覚め、ランスロッドを助けてくれたのだ。

◇

――結果彼女の体に強い負荷がかかり、彼女は三日三晩目覚めなかった。

彼女のギフトは人の身には大きすぎて、発動すると反動が強く返ってくるのだ。そのため使った後は体にダメージを受ける。ましてや幼い少女の身に起こったのだから、数日寝込むのも当然のことだったのかもしれないが。

ランスロッドはそれまで、あれほどの強い絶望感と喪失感を知らなかった。彼女が昏睡状態にいる間、まるで自分の半身を失ったような痛みと苦しみを感じたのだった。

以来、婚約者を守れるように強くなろうと努力して、本当に強くなった。そしてランスロッドもまたヒーラーとしてのギフトに目覚める。

彼女を助けたいと強く願ったおかげで授かった力だとランスロッドは思っている。

馬車の窓から、次第に暗くなっていく外の景色を眺め、ランスロッドはこの国で婚約者のために自分は何をしてやれるのかと思案した。

第四章　ヘルズ公爵家に潜入　アリスの復讐

アリスが王都に入って四日目、ランスロッドは忙しいにもかかわらず、会った翌日にはメイドの紹介状を用意してくれた。

「下級メイドの仕事はきついけれど、大丈夫？　危険だと思ったらすぐに撤退するんだよ」

「ええ、無理はしないわ」

アリスは、心配するランスロッドを安心させるように微笑んだ。

「アリスが侍女をやっていたとはいえ、下級メイドがやる洗濯や掃除なんかはできるの？」

「もちろんできるわよ」

「なんでできるのか逆に不思議だけれど」

そう言って彼は首をひねる。

「実家でやっていたのよ」

ランスロッドがびっくりしたような顔をする。

「え？　君の家はそうとう裕福なのだろう？　使用人を雇ったりしないの」

「収穫の時期はどうしても人手不足になるの。だから、家族総出で家事でも収穫でもなんでもやるわ。で、そろそろ降ろしてちょうだい。まさかヘルズ家にこのまま馬車で乗りつけるわけにはいかないでしょ」

「名残惜しいな。アリス、俺はいつでも君の相談に乗るから、ぜひカナリヤを呼んでくれ。それにカナリヤは君に懐いているし、時々呼んで遊んでやって欲しい。いい癒しになると思うよ」

馬車から降りてアリスを見送るランスロッドが、気遣うような眼差しで優しく微笑む。

「ありがとう」

アリスはランスロッドに明るく手を振ると、王都の一等地にある大きなヘルズ家の邸宅へ徒歩で向かった。


その後の流れはスムーズだった。アリスは門番に取り次いでもらうと、すぐに裏口から入った。ジェーンと名乗るメイド長に紹介状を見せると、その場ですんなりと採用になる。あまりにも事がスムーズに進み、肩透かしを食らった気分だ。

アリスは改めて、心の中でランスロッドに感謝する。彼が見事な紹介状を準備してくれたおかげだ。

採用が決まってすぐに、アリスは一階の日当たりの悪い場所にある住み込み使用人専用の部屋に連れていかれた。

二人部屋だったが、人がやめたばかりとのことでアリスの一人部屋となった。内密に事を進めるにはちょうどいいが、早く使用人たちと仲良くなり情報を集めたいアリスにとっては、少しばかり残念だ。

部屋の隅にカバンひとつきりの荷物を置くと、すぐに仕事に取りかかるように命令された。

ここの執事は無表情で、メイド長のジェーンは疲れきってイライラとしているようだ。新人のアリスに、人があまり居つかないから困っているとこぼす。

「あなたには掃除を担当してもらうつもりだったけれど、まずは洗濯を手伝ってちょうだい。サリーというメイドがいるから、手順は彼女に教わって」

アリスは命じられるままに屋敷の離れにある洗濯場へ向かう。洗濯場では、二人の女性が洗濯をしていた。セギル王国は魔導具が発達していて洗濯はコノート王国より楽だと聞いたことがあるが、まったく違っていた。とんでもなく大変だ。洗濯桶に衣類を入れ、たたき洗いをするのだ。これでは魔導具を使って自動で洗濯槽の水をかき回すだけのレイン家の洗濯作業の方がずっと楽である。

ゲイリーが魔導具をケチってこんなことになっているのだろうとアリスは勘ぐってしまう。

二人の女性のうち一人は外から臨時で連れてこられた洗濯婦で、もう一人は屋敷のメイドのサリーだった。サリーは濃茶の髪をした十代半ばくらいの少女で、動きはきびきびとしていたが、やせ細っていた。

「あんた、洗濯の手つきがいいね」

洗濯婦は黙々と洗濯しているが、サリーは気軽に声をかけてくる。確かにレイン家では魔導具を使っているが、手洗いしたことがないわけでもない。小さなものはたらいに水を張り洗濯板を使って洗うこともあった。たたき洗いも経験したことがある。そしてアリスは一度やったことは忘れない。

「ありがとうございます」

アリスが礼を言うと、サリーが目を丸くした。

「あんた、上級メイド？　それともどこかの没落したお嬢様？」

「私がですか？　まさか」

アリスはわずかに目を見開いた。どこかでしくじったのだろうか。

「いや、だって、言葉遣いとか仕草が上品っていうの？」

サリーが首をかしげる。アリスは素早く頭を回転させた。

適当にここでごまかしてしまうより、設定をつくってしまった方が早いと結論を出し、口調も少し砕けさせる。

「前のお屋敷がとても行儀に厳しかったの。結局その家は没落してしまったわ。でもそのしつけのおかげでけっこういろいろと重宝しているけれど」

「へえ、どこのお屋敷？」

「この国ではないわよ。私、コノート出身なの。でも、いろいろあってコノートを出てきちゃった。で、ここには伝手をたどってきたってわけ」

「そうなんだ。あたしもいろいろあってここに流れ着いたから、似たようなものだね。このお屋敷の下級メイドは、いつも人手が不足しているから」

アリスは突っ込まれるかと思ったが、サリーも話したくないことがあるのか、あまり深くは聞いてこない。

「さっきメイド長から聞いたのだけれど、皆やめてしまうの？」

「そう、ここの給金はたいしてよくもないのに、重労働だからさ。普通のお屋敷なら洗濯なんて魔導具を使ってもっと楽でしょ？　すべて手洗いなんて家、少なくともあたしは初めてだよ」

サリーはあきれたように肩をすくめる。

「ですよねえ」

それからは話しながら洗濯に励んだ。

しかし、アリスは気づいた。洗濯物の中にセーラが持ち帰らなかったモスリンのドレスがあることに。一瞬怒りに震えたが、アリスはそれを表に出さないように努めた。一度深呼吸をして怒りを静めてから、アリスは口を開く。

「ねえ、このドレス素敵ね。このお屋敷には、お嬢様がいらっしゃるの？」

さりげなくサリーに尋ねた。

「ああ、パメラ様のものよ。にらまれないように気をつけな。じゃないとお屋敷を追い出されちゃう」

ゲイリーの両親はすでに他界している。ならば、パメラという女性は何者だろう。彼に姉妹がいるという話は聞いていない。

「パメラ様って、誰？　ここの奥様？」

アリスはとぼけて聞いてみる。

「さあ、遠い親戚ってことになっているらしいけれど。実際は妾（めかけ）だよ」

「はあ？　妾がいるの！」

ついうっかり、アリスは怒りをあらわにしてしまった。

「え？　あんた何言ってんの。貴族の家なんてそんなもんでしょ？」

サリーが驚いたように目をパチくりさせる。

「私、今まで妾持ちの貴族の元で働いたことがないから驚いたのよ。セギルでは普通なの？」

「そうだね。あたしはお使いでよく外に出るけれど、普通、貴族の家なら妾くらいいるだろ？」

「え？　お使いで、どうして、そんなことまでわかるの？」

アリスは妾が普通だと思ったことはない。父もフランネル侯爵も妾など持たず、妻一筋だ。

これについては、結婚前にきちんとランスロッドと話す必要があると心に刻んだことでもあった。

「そりゃあ、お使いに出れば他家のメイドだっているし、それなりに噂話になるでしょ。てか、あんた本当にどっかのお嬢様？」

ぽかんとした様子でサリーがもう一度尋ねてくる。

「さっき洗濯を褒めてくれたじゃない？　本当に私をお嬢様だと思うの？」

アリスは開き直って、にっこりと微笑んだ。

「確かに、こんな重労働するお嬢様なんて見たことないよ。あんた変わっているね。目も髪も茶色で見た目は地味なのに。なんか、こう……雰囲気が違うっていうの？」

「ふふふ、眼鏡をかけているのが珍しいのでは？」

アリスがそう言って眼鏡のフレームを直すと、訝しげに首をかしげていたサリーは笑った。

それからサリーはアリスが気に入ったらしく、自分の身の上を話してくれた。

それによると彼女は三か月後に結婚が決まっているという。

「それはおめでとうございます」

「あはは、そんなことを言われたのは初めてだよ。相手はよく使いで行く小間物屋の店員なんだ。あたし、寒村の出で、王都に来てからもきつい仕事ばっかりしててさ。そのあたしがまともな男と所帯を持てるなんて夢みたいだ。それに、庶民の男は金がないから妾なんて持つ心配もないし。貴族の間では、男の甲斐性だなんていうけれどさ」

照れながらも嬉しそうにサリーは笑う。それを見ているアリスも幸せな気分になりもしたが、やはりランスロッドのことが気にかかる。

彼はアリス一筋だとずっと言ってくれているが、妾の話になった途端、「この国では普通だから」と言い出したらどうしてくれよう。隣国とはいえアリスにとっては異国なわけで、習慣の違いが気になりだした。

アリスはぎりぎりと洗濯物を絞る。

「あんた、見かけによらずすごい力だね」

サリーと洗濯婦がしばし畏怖の目でアリスを見る。

「私、握力にも腕力にも自信があるのよ」

アリスはカルチャーショックを受け、やけになって高笑いした。


洗濯が終わり夜になると、アリスはサリーに案内されて使用人専用の食堂へ向かった。コノートと違い、ここの下級使用人の食事は朝と夜の一日二食で夕食は堅い黒パンに、野菜が申し訳程度に浮いているスープだけだった。

「あの重労働でこの食事？　これでは足りないわ」

アリスがびっくりする。

「まあ、足りないよね。料理人が面倒くさがって、あたしらの賄いはあまり作りたがらないんだよ」

サリーの隣に座るアリスと同い年ぐらいの少女で暗い髪色をしたベッキーという名のメイドが言う。彼女はお屋敷の掃除を担当しているそうだ。

アリスが改めて挨拶すると彼女もサリーと同じことを言った。

「あんた、どっかのお嬢様？　家でも没落したの？」

もう一度同じ説明をするのかと少しうんざりしたが、そこはおしゃべりなサリーがぺらぺらと話してくれた。

目立ちたくはないのだが、新入りだとそうもいかない。アリスは早く話題を変えたくて、サリーの話が途切れた隙に口を挟んだ。

「でも面倒くさいってことは、食材はあるってことですよね？」

「ああ、パメラ様が、外食がお好きだから食材がよく余るんだよ。あの人、気まぐれでね。突然食事をキャンセルするんだ」

「どうせ食事を用意するつもりだったんだから、それを賄いにしてくれればいいのにね。食材を腐らせるのはもったいないわ。誰かが代わりに料理するのはどう？」

「でもさあ。うちらの中に料理できる者はいないんだよ」

サリーが残念そうに言う。

「え？」

意外なことを聞いてアリスは目をしばたたく。上位貴族の屋敷に勤めるメイドは、みんな料理ができるものだと思っていた。

「あたしらはだいたい水と塩で野菜を煮るだけだけど、ここにあるのは調理の仕方もわからない珍しい高級食材ばかりだよ」

困ったようにベッキーが言う。

「それって、勝手に料理していいってこと？」

「ああ、料理人はやれるものなら、やってみなって言っていたよ。自分たちはおいしいものばかり食べているくせに、薄情なものだ。それどころか、時々余った肉なんか勝手に売りさばいているよ」

ベッキーが怒るのも無理はない。

ヘルズ家はそうとう腐っている。これではセーラもずいぶん苦労したことだろう。だが、彼女がいたのはたったの半年、下々の実情まで知っていたとは思えない。となるとやはり妾のパメラとの関係がうまくいかなくて、婚約破棄になったのだろうか。

しかし、それならば逆に慰謝料をもらうのはセーラの方だ。

予断を持ってはいけないとは思いつつも、ゲイリーに妾がいることに怒りを覚えていた。そのうえ、彼は妾を親戚だと偽っている。グレッグだったら、絶対に妾を囲ったりしないのにとアリスは悔しくなった。

だが、今は怒るよりも情報収集が優先だ。

「ひどすぎる……。だったら、私が料理するわ！」

アリスは早々に気持ちを切り替え立ち上がる。

「でもあんた、さっきの洗濯は重労働だったから疲れていない？　しかも今日、初日でしょ」

サリーは思いやりがある娘のようだ。さっき会ったばかりのアリスを気にかけてくれている。

「平気よ。ちゃちゃっと作っちゃうから」


アリスには料理の知識も一通りある。ここの料理人は管理がずさんでローズマリーやセージなどの香辛料も使い放題だった。塩と香辛料を使い肉のくさみを消して煮込んだスープを作ると、思いのほか好評だった。

「あんた、洗濯の手際もいいけれど、ここまでおいしい賄いも作れるメイドって見たことない。賄い専門になってよ」

嬉しそうにサリーが言う。

「ほんとうだ。すごくおいしい。あんた新入り？」

気づくとアリスの周りには続々と下級メイドたちが集まってきていた。

アリスは目立つことは避けたかったが、皆の喜ぶ顔が見たくて、その日から率先して賄いを担当することにした。

十日もすると下級メイドたちに慕われるようになっていた。やはりつかむべきは人の胃袋だとアリスは実感する。

「アリスって、無茶苦茶仕事できるのになんで下級メイドなんてやっているの？」

ベッキーが不思議そうに聞く。

「そうだよ。あんた字だって読めるようだし。なんだったら上級メイド募集しているお屋敷探してこようか？」

サリーが親切な申し出をする。

「いやそうなったら、あたしら、またまずい食事に戻っちゃうよ」

少し困ったような顔をしてベッキーが笑う。

「よかったら、お料理、教えましょうか？　難しいことはないですよ」

行動的なアリスは、翌日から時間が空くと彼女たちに香辛料の使い方などを教えた。

ヘルズ家は人使いが荒いので、すぐに人がやめる。そのため下級メイドには忍耐強い寒村出身者が多く、香辛料は王都に来て初めて見たという者も多かった。彼女たちは料理といえば野菜や草の根を煮炊きするぐらいだと言っている。

こんなところで自分が嫁ぐ国の実情を知ることになるとは思わなかった。

同時にアリスは、コノート王国でも同様のことがあるのではと考えを巡らせる。レイン男爵領は豊かだったが、国全体がそうだというわけではないのだろう。アリスはこの地に来て、改めて考えさせられた。

ヘルズ家に来て二週間が過ぎたある日、いつも朗らかなサリーが珍しく、食堂で愚痴をこぼした。

「今日はミアのせいでパメラ様に叱られちゃった」

「あら、それは災難だったわね。ところでミアって誰？」

「パメラ様の侍女だよ」

アリスはパメラにはまだ会ったことがなかった。一階の家事をこなすことがほとんどで、ゲイリーや妾のパメラのいる二階に行く機会はほとんどないのだ。

「ミアが自分でワゴンに乗せた紅茶をこぼしたのに、たまたまそばを通りかかったあたしのせいにしてきたんだ」

悔しそうにつぶやくサリーに、アリスは自分のパンを分けた。

「え？　いいの、アリス？」

驚いたようにサリーが目を見開く。

「悲しい時は食べるのが一番よ。食事ができるってことは、元気な証拠だから」

にっこりと微笑みながらもアリスはセーラを思い出していた。アリスがフランネル家から出発する時、セーラはやせ細り食事すら満足に取れていなかった。彼女は今どうしているだろう。ちゃんと食事はしているだろうか。

「それで、いつもそんなことをされているの？」

アリスの問いかけに、サリーが首を振る。

「違う。パメラ様は機嫌が悪いとミアに当たって、ミアがあたしら下級メイドに当たるんだ。とんだとばっちりだよ。あたしら、パメラ様のご機嫌損ねたら首だもんね。まだ会ったことないだろうけれど、あんたも気をつけた方がいいよ」

サリーが忠告してくれる。

「あら、それはまたずいぶんと横暴なのね。それで、パメラ様の機嫌の悪い時って……。たとえば、ご主人様と喧嘩したとか?」

アリスはパメラに怒りを覚えると同時に、不機嫌の理由が気になった。とにかくなんでもいいから、今は情報が欲しいのだ。

「ご主人様とは仲がいいよ。ただ、パメラ様は外出して戻ってきた後に突然機嫌が悪くなる時があるかな。気性が荒くて、ミアに物を投げつけたりすることもあるらしいよ。それで運悪くそばにいた下級メイドが当たられるのさ。それがたまたま今日はあたしだったわけ」

サリーが唇を突き出して、肩をすくめる。

「ずいぶん恐ろしい方ね。でも外出した後に機嫌が悪くなるなんて、出先で何かあるのかしら。どなたかと会ってもめたり?」

アリスは水を向ける。

「たぶん男じゃないかな、香水のにおいをぷんぷんさせて出かけて。帰ってくる時は、なんだかいつもと違うにおいも混ざっているんだよね。あたし、鼻だけはいいの」

サリーが自信ありげに自分の鼻を指さす。

「それって……、ご主人様がいながら、浮気をしているってこと?」

怒りを通り越してあきれた。アリスは、セーラが追い出された理由にパメラが絡んでいるように思えてならない。なんといっても、セーラのモスリンのドレスを奪った女だ。サリーが声を潜めて続ける。

「そういう噂はあるよ。でもパメラ様の耳に入ったら、大ごとだから誰も言わない。本当に恐ろしい方だよ。嫌われたら紹介状ももらえず即屋敷を追い出される。そんなことになったら、どこの屋敷でももう雇ってもらえないよ」

そう言ってサリーはぶるりと震えた。この屋敷での使用人の立場の低さが嫌というほど身に染みる。アリスは彼女の肩を優しく抱いた。

(私が、そんなことはさせないわ)

胸に固い決意を秘めて。

だが、下級メイドの身では詳細で正確な情報を手に入れるのは難しい。この屋敷で何があって、どうやってセーラが追い込まれ、追い出されてしまったのかを知りたい。アリスは、どうにか上級メイドから情報を探れないかと思案する。

(いっそのこと、ヘルズ公爵の執務室にでも忍び込む?)

ランスロッドの顔が浮かび、それは却下した。いくらなんでも年下の婚約者を悲しませたくはない。

　サリーから話を聞いた翌日、アリスが廊下を掃除していると、突然メイド長ジェーンから呼び出された。

「あなた、お屋敷に来て間もないのに、ずいぶんなじんでいるようね。下級メイドたちに慕われているらしいじゃない」

「いいえ、私はまだ新入りですから」

　なぜ自分が呼ばれたのかわからないので、アリスは感じよく微笑む程度にとどめておいた。

「紹介状に、あなたはコノート王国出身で下級メイドをしてきたと書いてあるけれど、それにしては、いろいろと知識があるようね」

　料理をメイド仲間に教えていることが、彼女の耳に入ったのかもしれない。

「前に勤めていたお屋敷が小さかったので、掃除や洗濯だけでなく、料理なども兼任していただけです」

　きっぱりとした口調でアリスは言う。こういう時はおどおどしない方がよいのだ。

「そんなところもあるのね。だったらこういうのはどうかしら。実は今から役所にお使いに行ってきてほしいの」

　ジェーンは、アリスに書類封筒を差し出した。封筒の表には役所の名が記されている。中身が気になるところだが、開けるわけにはいかない。

「公証人役場に届ければいいのですね」

「あらあら、そんな難しい字も読めるのね？」

どうやら字が読めるかどうか確かめたかったようだ。油断も隙もない。

「私が育った地域では、文字が読めるのが普通です」

アリスは涼しい顔で言ってのける。少なくともレイン男爵領は識字率が高く、ほとんどの者が読み書き計算を習得していた。

「じゃあ、頼んだわよ。受取もきちんと持ってきて。これがこなせるようならば、時々少し楽な仕事をさせてあげる。あなたは地味な見た目だけれど、目端が利きそうだから」

「はい、よろしくお願いします」

思いもよらず、アリスはヘルズ家で少し出世したようだ。それにより情報が集まるのならば、アリスにとっては都合のいい話である。

早速、初めてのお使いに出かけた。


役所へのお使いをそつなくこなして以降、アリスは重宝され、上級使用人と下級使用人の間を行ったり来たりする、忙しい毎日が始まった。

だが、アリスがお使いに行く場所に別に不審なところはなく、すべて役所ばかりだ。思ったよりも進展がないのでアリスは焦りを感じ始めた。

なによりもアリスはシグネットリングのことが知りたかったが、預かる書類の封蝋はすべてヘルズ家の紋章で不審な点はいっさいない。

（いったい、あのシグネットリングは何に使われていたの？）

それに今のアリスの立場ではゲイリーの姿も、見かけないありさまだ。それこそ人となりを観察するどころではなかった。

だが、セーラをあのような状態にした人物なので、アリスの中では屑決定だ。

そんなある日、ジェーンから、サリーと共に二階の廊下を掃除するように命じられた。パメラもゲイリーも出かけているのか、昼下がりの屋敷内は森閑としている。二人は手をせわしなく動かしながらも噂話を始めた。下級使用人の生活の中で、娯楽といえばそれくらいしかないからだ。

「そういえば、ちょっと前に半年ほどいた婚約者が追い出されたことがあって。その方、ちょうどこの部屋で暮らしていたんだよ」

サリーが声を低くし、目の前の部屋のドアを指さす。そこは奥まった場所にあり、特段いい部屋とも思えず、アリスは不満を感じた。しかし、ここでは知らん顔を決め込むしかない。

やっと目当ての情報を耳に入れることができそうなのだから。

「ご主人様に婚約者がいたの？　それも追い出されたですって？」

アリスは驚いたように聞き返す。

「噂だと、パメラ様とよく言い争っていたようだよ。あたしも一度見たことはある。パメラ様が金切り声をあげて一方的に口汚く罵るばかりで、婚約者の方は冷静だったかな。とにかくびっくりするほど綺麗な人だったね。だからパメラ様に嫌われたんじゃないかって言われている。もっともあたしらは、直接関わることもなかったたし、本当のところはよくわからない」

セーラを思うとアリスの胸は痛んだが、それを顔に出すわけにはいかない。

「普通は妾より婚約者の方が、立場が上ではないの？　それともパメラ様って、身分の高い人なの？　妾と仲が悪いからって、婚約者の方が追い出されたって不思議な話よね」

アリスははやる気持ちを抑えて、セーラに肩入れしすぎないように慎重に言葉を選んだ。

「気づいたら、いなくなっていたの」

アリスは驚いて目を見開いた。

「え？　気づいたらって、どういうこと？」

「それがいなくなる数日前にエントランスにある中央階段から、その婚約者が落ちたのよね。というかパメラ様に突き落とされたって噂があって、それからしばらくして、いなくなっていた」

「なんですって！　階段から突き落とされたって、それって殺人未遂じゃない」

アリスは驚いて声をあげた。下手したら、セーラは死んでいたかもしれないのだ。するとサリーが慌ててアリスの口をふさぐ。

「やばいよ。誰かに聞かれたら」

「ごめんなさい。びっくりしてしまって。誰かが現場を見ていたの?」

抑えようとしても声に非難の色がにじんでしまう。

サリーはうなずき、たまたま通りかかった下男が見ていたという。だが、その下男もいつの間にか屋敷からいなくなっていたと。

「パメラ様は恐ろしいお方だよ。あんたも粗相のないように気をつけて」

アリスがサリーの言葉にうなずいたその時、後ろから叱責が飛ぶ。

「あなたたち、そこでいつまで話をしているの?」

ジェーンだ。

「すみません」

アリスがいち早く謝る。

「まったく仕事中に、噂話? その分お給金から引くからね」

ジェーンが眦(まなじり)を吊(つ)り上げると、サリーが顔色をなくす。ここの下級メイドの給金は驚くほど安いからだ。

「そんな……」

サリーが悲しそうな顔をする。

「私が、いろいろと聞いちゃったんです！　サリーは悪くありません」

すかさずアリスが言った。

「あら、ずいぶんと優しいのね」

ジェーンが含みを持った口調で言う。

「いえ、本当のことですから」

アリスはサリーをかばうように前に出た。

「まあ、いいわ。今後このようなことのないように。サリーは一週間洗濯仕事に回って、それからアリスはこちらに来てちょうだい」

サリーが心配そうな顔で、アリスを見る。アリスは大丈夫だといわんばかりに、彼女に微笑みかけた。


アリスが連れていかれたのは二階にある狭い一室だった。そこには三台の机が並べられ、書類が山と積まれている。どうやら上級使用人たちの作業部屋のようだ。

「あなたは字が読めるし、多少は教養もあるようだから、書類の仕分けを手伝ってもらうわ」

「え？」

てっきり罰を受けるか、お小言をもらうかと思っていたアリスは驚いた。

「ほら、突っ立っていないで、ここに座りなさい」

ジェーンが粗末な木製の椅子を指さした。アリスは素直に返事をして席に着く。

アリスにとっては願ってもないことだが、机の上の書類を見て、なぜこれほど仕事が滞っているのか気になった。

「ずいぶんと書類がたくさんあるのですね」

首をかしげ、素直な感想を口にする。

「もう噂で聞いて知っているでしょうけれど、コノートから来たご主人様の元婚約者がやっていた仕事よ。仕事はできたようだけれど、パメラ様に意見して目の敵にされたうえ、ご主人様のご不興を買ったの。顔はとても綺麗で頭もよさそうだったけれど、立ち回りは下手だったようね。この屋敷には向かない方だったわ」

アリスはジェーンの言い草にカチンときたが、なんとか自制した。

「パメラ様はお仕事をされないのですか？」

ジェーンが眉間に軽くしわを寄せる。

「アリス、めったなことを言うものではないわ。パメラ様に聞かれたら、折檻(せっかん)されて首になるわよ」

アリスは驚いた。それほど妾の立場がこの家で強いということだろう。セーラの苦労がうかがえる。

「折檻だなんて……、私はそんなこと今までされたことがないです。怖いですね。私なら逃げ出しちゃいます」

　目の下にくまをつくり、疲れたような顔をしたジェーンが、深くため息をつく。彼女も過重労働を強いられているようだ。

「あなたは、そのよく回る口さえ慎んでいれば大丈夫よ。地味で真面目そうだし、目をつけられることはないわ。パメラ様は卑賤の育ちのせいか暴力的だから、気をつけないとケガをするわよ」

　ジェーンの口はだいぶ緩んでいるようだ。もしかしたらパメラへの不満を誰かに吐き出したかったのかもしれないと、アリスは思った。

「はい、十分に気をつけます。あら、ということは前の婚約者は見目が美しかったという理由でいじめられたのですか？」

　ここまで突っ込んで聞いたら怒るかなとアリスは思ったが、確かめずにはいられない。それに何より、ジェーンが話したくてうずうずしているように見えたのだ。案の定彼女は口を開く。

「そうよ。自分より若くて綺麗で家柄のいい婚約者が来て、不安になったんじゃないかしら、最初からつらく当たっていたわ。でもね、その婚約者も負けてはいなかった。数字に明るい方で、パメラ様の散財にすぐ気づいて指摘をしたのよ。そうしたら猛烈な反撃を食らってね」

　厳しく険しい表情とは裏腹に、ジェーンはよく話す。そうとう鬱憤がたまっているようだ。

「パメラ様から、婚約者に猛烈な反撃ですか？　でも、立場的には婚約者の方が強いと思えるのですが？」

　アリスは首をかしげる。

「あなた、箱入り娘じゃないわよね？」

　ジェーンが疑り深い様子で聞いてくる。

「箱入り娘がわざわざコノートから出てきて、セギル王国でメイドをやるなんてありえないです。私の紹介状をお読みくださったのではないのですか？」

　平然と言いきると、ジェーンは声をあげて笑った。ランスロッドの用意した紹介状のおかげでアリスの素性は完璧に隠されている。

「ははは、違いないわ。こんなゴシップに興味を持つなんて品のない証拠よ。育ちが出るわね」

　品がないと言われたことよりも、セーラの話をゴシップの一言で片づけたのが許せなかった。

　アリスは机の下で震える拳を握り、怒りをなんとか静める。セーラの心は砕けてしまったのにこの屋敷でセーラの話は、噂のひとつとして楽しまれているのだ。

　そのおかげで話を引き出しやすいのだが、アリスはいたたまれない気持ちでいっぱいだ。

「で、結局パメラ様はどうやって反撃したんですか？」

　アリスは声に怒りをにじませないように注意を払う。

　恐らくジェーンは誰かに話して日頃のうさを晴らしたいのだろう。そのかっこうの話し相手が、自分より立場が弱く異国出身のアリスだったのだ。

「そんなもの告げ口に決まっているでしょう？　あることないこと、ご主人様に言いつけたのよ。妾のやることは古今東西一緒。ご主人様はあっさりそれを信用して婚約者を部屋にしばらく軟禁したってわけ。その箱入り娘の婚約者は、妙に利口で言うことは筋が通っていたけれど、男女の情や機微を理解していなかったのね。それに、この家では学のある娘は嫌われるのよ」

アリスの胸はキリキリと痛んだ。きっとここまで話すジェーンにも大きな不満があるのだろう。

「それで、婚約破棄されたんですね」

するとジェーンは首を振った。

「いいえ、なかなか気の強いお嬢様でね。今度はご主人様に食ってかかっていたわ」

「え、ご主人様に？　それはまたどうして……」

セーラらしくない行動に、アリスは違和感を覚える。パメラのことを抗議に行って、それが大袈裟な噂として伝わっているのだろうか。

「私は書斎から二人が言い争う声を漏れ聞いただけで、詳細については知らないわ。でも最後はご主人様が怒鳴り声をあげて、思いつめた様子で婚約者が出てきたのよ。それからしばらくしてから、あの広い中央階段から落ちたの」

聞いているだけでアリスの胸は張り裂けそうになったが、ここでやめるわけにはいかない。なんとしても核心に迫りたかった。

「どんなふうに落ちたのでしょう？」

少し声を潜めて身を乗り出した。

「さあ。でも、噂通りかもね。あなたも聞いているでしょう？　その後、その婚約者は足を挫いて部屋から出てこなくなり、しばらくして婚約破棄が決まって朝早くにご主人様に追い出されたらしいわよ」

耳を覆いたくなるほどひどい話だ。アリスが膝の上で握る拳は血の気を失って白くなっている。それでもアリスは話を引き出すために口を開く。

「やっぱり不思議です。……どうして、ご主人様と言い争っただけで婚約破棄に？」

怒りで呼吸が苦しくなりそうなほど、アリスの心臓はバクバクとなる。それをジェーンに悟られないようにするため必死だった。あくまでも噂話に興味津々のメイドを演じなければならない。眼鏡のブリッジを人さし指で押し上げ、いかにも興味があるふりをした。

「噂では、ご主人様と言い争っていた原因は、公爵家の家宝の宝石がなくなったかららしいわ」

その話はフランネル家を発つ時に、フランネル侯爵夫妻から聞いていた。

「どうして、その婚約者のせいになるのです？　育ちがよい方が盗みなどやるでしょうか？」

アリスは心底わからないというふりをして、不思議そうに首をかしげる。

「質に流れていたのをご主人様が買い戻したのよ。そうしたら質屋が、セーラ・フランネルが売りに来たと証言したのだそうよ」

セーラ・フランネルの名がけがされたとアリスは怒りと衝撃を感じた。

「育ちのよい方は質屋なんて無縁だと思っていたのですが……、そうでもないんですね」

アリスの言葉に、ジェーンが暗い笑みを浮かべる。

「そんなの、はめられたに決まっているでしょう？」

（はめられたですって？　犯罪だわ）

ジェーンはアリスの怒りの感情に気づかず、こほんと咳ばらいをすると再び話し始める。

「ちなみにこの話を漏らしたら、あなたは屋敷を追い出されるわ。その時になって、私の名前を出しても無駄よ。下級メイドのあなたが何を言っても誰も信じやしないから、くれぐれも口外しないようにね」

アリスは顔を伏せることで感情を隠し、ジェーンの薄っぺらい脅し文句を聞き流す。

「天涯孤独でコノートから身ひとつで出てきたなんて、あなたもつくづく気の毒ね。まあ、働きがよければお給金を増やすようにご主人様に口添えしてあげるわ。その分私の仕事も楽になるからね。さあ、楽しい噂話はおしまい。しっかりと働いてちょうだい」

ジェーンのやり方は感心できないけれど、人を使い慣れていると思った。

その後、アリスはゲイリーの秘書をしているグレゴリーという男から仕事を教わる。彼は少し薄くなった茶色の髪に神経質そうな顔をした三十代半ばの男性だ。アリスは彼に指示された通りにひたすら書類の仕分けをしていく。アリスにとっては眠くなりそうなくらい簡単で単純な作業だが、あのセーラが持ち帰ったシグネットリングにつながるような印があるのではと、目を皿のようにして探した。しかし、どこにも見当たらない。

部屋の中をいろいろと見て回りたいが、残念なことに部屋には執事をはじめとする上級使用人が頻繁に出入りするため、アリスは黙々と作業をするほかなかった。

掃除や書類仕事のおかげで、二階の間取りはすでに頭に入っている。パメラの部屋とゲイリーの執務室の場所も確認済みだ。だが、下級メイドの仕事の合間に連れていかれるのは書類の積まれた作業部屋ばかりで、いまだにゲイリーの執務室に足を踏み入れたことはなかった。

その晩、仕事が終わった後、セーラの屋敷での扱いのひどさに腹立ちがどうにも収まらないアリスは、ランスロッドに手紙を書いた。

ゲイリーにはパメラという名の妾がいることや、セーラがそのパメラに階段から落とされたこと、セーラのドレスが彼女に奪われている事実などを書き綴った。それから、簡単な書類の仕分けなどを少し手伝うようになったものの、相変わらずシグネットリングについては情報がないことも。

アリスは部屋の窓を開け放ちランスロッドからもらった小さな笛を吹く。ほどなくして夜空から小鳥が舞い降りてきた。食堂から持ってきたパンをちぎってやると、かわいらしいくちばしでついばんだ。しばらく愛でるとアリスは、カナリヤの足に手紙を結びつけ夜空に放った。

するとすぐにランスロッドから連絡がきた。

アリスが買い物に外出する時に合わせて、街に出てきてくれるということだったので、彼女はすぐに返事を書いた。

翌日の午前、アリスは辻馬車（つじばしゃ）を使って買い物を手早く済ませると、待ち合わせのカフェに向かう。

カフェに入ると、すでにランスロッドが来ていた。

アリスはお仕着せの上に外套を羽織った姿なので、庶民的なカフェを指定したのだが、それがまずかったのか、彼はカフェの中で大いに浮いていた。

ランスロッドは、アリスの姿を見ると嬉しそうに手を振ってくる。

「ランス、お待たせ。忙しいところ来てくれてありがとう」

「俺も今来たところだよ」

彼のこの言葉は当てにならない。ずっと待っていたとしても、彼はそう答えるだろう。

「そう、で、ランス、店の中でものすごく目立っているわよ」

「そうかな?」

彼は人の視線に無頓着なところがある。見目がよいため、子供の頃から周りに注目されていることには慣れているのだ。

「とりあえず、あなたの馬車に移動しましょう」

「え？　せっかくカフェに来たんだから、アリスも一息つきなよ。なんだか少しやせたような気がする。さっき店員にお勧めを聞いておいたから、今注文するよ」

ランスロッドがさっと手を上げると、すぐに店員が飛んできて注文を取った。

「ランス、私は別にやせていないわ。食事は毎日きちんと取っているから、大丈夫」

「君と別れた後、屋敷によっては下級メイドに日に二食しか食事を出さないところもあるとたまたま耳にしたんだけれど、どうも信じられなくて。気になって情報を集めてみたら、ヘルズ家がそうだというじゃないか。アリス、本当なのか？」

彼がそんなことまで調べているとは知らず、びっくりした。

少し言いにくいが、嘘をつくほどのことでもないと思ったので正直に話す。

「ううん、朝と夕の二回かしら」

「なんだって？」

一瞬ランスロッドの顔色が変わったので、アリスは慌ててフォローする。

「でもその分たくさん食べているから大丈夫よ。それより、何かわかったことはある？」

アリスは早急に話題を変えようとした。ランスロッドは一瞬アリスに気づかわしげな視線を投げかけたが、彼女のはやる気持ちを察したように口を開く。

「残念ながら、収穫はないよ。あれからシグネットリングに刻まれている刻印を確かめてみたけれど、この国の貴族は誰も使っていない。少なくとも公の場には出ていないね」

　そこでランスロッドが言葉を切る。彼がアリスのために注文した、イチジクのコンポートと紅茶が運ばれてきたのだ。

「ほら、アリス食べて。サンドイッチも食べる？　注文するけれど」

「大丈夫、そんなに食べられないわ。毎日おなかをすかせているなんてことはないから安心して」

　アリスはコンポートを一口食べる。賄いではさすがにデザートはない。久しぶりに食べる甘味は格別においしかった。

「これ、とってもおいしい！」

　彼女が目を輝かせると、ランスロッドは穏やかな笑みを浮かべた。

「よかった。……それから、君の『お嬢様』が階段から突き落とされた件で、医者が呼ばれたかどうか確かめてみたんだ」

「え？　そんなことまで調べてくれたの？　それでケガの具合はどうだったの？」

　アリスは心持ち身を乗り出す。

「それが、ヘルズ家の主治医は呼ばれていないんだ。それで王都中の医者に問い合わせたのだけれど、誰も呼ばれた者はいない」

　アリスは持っていたスプーンをカランと落とす。

「なんですって。そんな……放置されたのね！」

「アリス、落ち着いて」

ランスロッドがそう言って、ぼうぜんとしているアリスのために新しいスプーンを店員に持ってこさせ。紅茶のお代わりを頼んだ。

「誰もお嬢様のケガの手当てをしてくれなかったのね。打ち所が悪かったら死んでいたかもしれないのに」

アリスは動揺しながらも、ランスロッドに勧められるままに紅茶を飲んだ。

「うん、ひどい扱いだね。それに妾が盗んだというドレスも気になる。妾の立場でそんなことをすれば、普通は罪に問われて屋敷を追い出されているはずだが」

「証拠さえ押さえれば屋敷から追い出せるのに。悔しいわ。それなのに、私はまだ屋敷の中でパメラ本人の姿を見ていないの」

アリスがテーブルの上でぎゅっと拳を握る。ランスロッドが彼女の手をそっと包み込んだ。温かくてアリスの手よりずっと大きい。

「アリス、『お嬢様』が心配なことはわかっているけれど、焦らないで。君の調査はだいぶ進んでいるじゃないか。君はヘルズにたちの悪い妾がいることを突き止めた。そして、妾の悪事も」

ランスロッドに言われ、アリスは肩から力を抜く。

「そうね。冷静な判断をするためにも落ち着かなくちゃね。ありがとう、ランス」

「で、サンドイッチは頼む？」

ランスロッドの言葉にアリスは笑う。

「不思議ね。なんだか、おなかがすいてきたわ」

アリスはヘルズ家で働くようになってから、ずっと気が張っていたことに気づいた。

カフェで軽く食事をして、リラックスして話した後、ランスロッドが馬車でヘルズ家の近くまで送ってくれる。肩の力も抜けて、アリスにとってはいい息抜きになった。

「アリス、くれぐれも焦らないように。助けが欲しかったらすぐに連絡してくれ」

去り際にランスロッドはそう言った。


アリスが書類整理の仕事を手伝い始めて一週間、ヘルズ家に来てひと月が経過した。

パメラの周りの世話はすべて彼女付きの侍女ミアがこなしており、アリスたちの目に触れるものはドレスやシーツなどの洗濯物だけで、彼女の生活は下級使用人の間では謎のベールに包まれていた。聞こえてくる噂は、パメラは気性が荒くてセーラの敵だったということだけ。

そんななか、屋敷の二階でアリスが廊下を掃いていると、噂のパメラにようやく遭遇した。

パメラがアリスの横を通り過ぎる瞬間、彼女のしている耳飾りが目に入る。あれは、セーラのものだ。一瞬でアリスはかっとなり、奪い返してパメラの罪を糾弾してやろうかと思ったが、なんとか思いとどまった。

　パメラのようなタイプの人間が、簡単に罪を認めるわけがない。

　詰め寄ったアリスの方が嘘つき呼ばわりされて、真相を暴く前に屋敷を追い出されてしまうだろう。まだ、何もわかっていないこの状態で、屋敷を追い出されるわけにはいかないのだ。アリスはぐっと堪（こら）えた。セーラを陥れ、心を挫き、虐待したのはパメラだ。ましてや階段から突き落としたなんて許せない。

（ここにはお嬢様の味方なんかいなかった。いったいヘルズ公爵は何をしていたの？　自分の妾の監督すらまともにできていないなんて、ただの無能！　それなのにフランネル家に慰謝料や賠償金を請求するなんて意味不明だし、ひどすぎる）

　そして何より、セーラが罪を認めて相手の請求に応じようとしていることも解せない。無実の罪を受け入れてしまうほど、追いつめられ、いじめられたのだろうか。アリスは悔しくて唇を噛む。やはりゲイリーから脅されていると考えるのが妥当なのだろうか。

　侍女のミアを引き連れて部屋から出てきたパメラは、扇子でせわしなく扇（あお）ぎながら廊下を進んでいく。執事を大声で呼びつけ、自分専用の馬車を出すように命じていた。

　品のない女で、まるでこの家の女主人のような振る舞いにアリスは怒りを禁じえない。

　セーラはいったいどのような気持ちで彼女と対面したのだろう。それでもセーラは半年間も一人ぼっちで頑張ったのだ。強い人だと思う。

どうしてもパメラのしっぽをつかみたい。アリスは屋敷を抜け出してパメラの後を追いかけようかと考えていた。ちょうどその時、ジェーンに呼び止められる。

「アリス、買い物を頼まれてくれない？」

「まだ掃除の途中ですが、大丈夫でしょうか」

チャンスだと思ったが、そんな感情はおくびにも出さずアリスは生真面目に答えた。

「かまわないわ。ほかの者に指示してやらせるから、行ってきてちょうだい。下級使用人で字が読めて計算できるのはあなたしかいないのよ。ほかの娘では釣銭をごまかされて帰ってくるからね。前はもう少しましだったのだけれど。今はとにかく手が足りないの」

ジェーンにこまごまとした長い買い物リストを渡された。それは結構な数で店は街中に散らばっているようだ。これは少し時間がかかりそう。ただし、徒歩で行けばの話だ。

「市場はまだ不慣れで時間がかかりそうですが、大丈夫でしょうか？」

「迷子にならないでくれたらいいわ。このあたりの店を覚えるのにちょうどいいでしょ。それから、頼んだものを買ってこられなかったり、お金をすられたり落としたりしたら、うちでは弁償してもらうことになっているの、十分に気をつけて」

この屋敷には下級使用人の少ない給金からさらに金を奪おうとするシステムがある。アリスは嫌悪感を抑え、殊勝な表情でうなずいた。

「承知いたしました」

「お仕着せでは目立つから、何か羽織っていきなさい」

アリスは二つ返事で引き受けると、薄い外套を羽織り、使用人が使う通路を抜け、屋敷の裏口から素早く出ていった。

パメラは派手な装飾品の多い訪問着を着ていたので、衣装が重く移動するにも時間がかかるだろう。

アリスはひっつめ髪に隠した銀貨を取り出して通りで辻馬車を雇うと、パメラとミアが乗った馬車がヘルズ家から出てくるのを待つ。

ほどなくして、ヘルズ家の家紋の入っていない馬車が出てきたので、御者に後を追ってもらうことにした。

わざわざ家紋のついていない馬車を選ぶとは、ますます怪しいとアリスは思う。あのような馬車は、貴族がお忍びで出かける時に使うものだ。それともゲイリーが妾に家紋の入った馬車を使わせないために用意したのか。

「これでパメラのしっぽがつかめるとよいのだけれど」

アリスははやる気持ちを抑えた。

パメラを乗せた馬車は王都の一等地を抜けてだいぶ下町まで来た。馬車は劇場の前で停止する。

馬車から降りたパメラとミアは劇場の正面玄関ではなく、楽屋口に向かっていく。パメラは派手な衣装で目立つので、尾行が楽だ。アリスは御者に待つよう言いおいて、二人の後をつけ劇場へ向かった。

パメラもミアも周りを警戒することもなく、慣れた足取りで楽屋口から劇場に入ると長い廊下を歩いていく。まさか後をつけられているとは思いもしないだろう。

左の一番奥にある楽屋の前で止まると、パメラが何かの合図のようにゆっくりとドアを六回ノックした。アリスは反射的に物陰に身を隠す。

幸いここは劇場の裏なだけあって、木箱や、舞台装置が多く、隠れやすくて助かる。楽屋のドアが開き、金髪の伊達男が現れるなりパメラと抱擁を交わしキスをすると、二人は部屋の奥へと消えた。

ばたりと閉ざされたドアの前には、ミアが見張りのごとく立っている。

「パメラは貴族の妾でありながら、浮気をしていたのね」

サリーの勘は当たっていということになる。だが、これは妾として許されないことだ。案外あっけなく、アリスはパメラの秘密をつかむことになった。

「許せないわね。とにかくほかの人たちからも浮気の証言を集めなくちゃ」

アリスは銀貨を髪の中に入れたり、服に縫いつけたりして隠し持っている。それらをいくらか取り出すと早速劇場で働いている人間に、左奥の楽屋にいる俳優と思しき男性について聞いてみることにした。こういう時、アリスの印象に残りにくい平凡な容姿は役に立つ。たいていの者はすぐに忘れるか、眼鏡をかけた茶色の髪の小娘としか記憶していない。

アリスが袖の下を渡すと、相手は男の情報をくれた。それによるとパメラの密会相手はこの劇場の看板役者で、かなり女性関係は乱れているという。複数の金持ち女から貢がせているようだ。先ほど派手な身なりの女性を見かけたかと尋ねれば、よく来て貢いでいるとあっさりと教えてくれた。

パメラはこの劇場の元女優で、当時その看板俳優と恋仲だったが、金持ちに買われて劇場を去ったらしい。しかしその後も彼女は時々その俳優の楽屋に来て逢い引きをしているという。

その俳優は、存外多くの嫉妬を買っていたようで、皆小銭程度の金を渡しただけでぺらぺらと話してくれる。そのおかげで一気に収穫を得た。

アリスは情報収集の後、辻馬車で急ぎ市場に行き買い物を済ませる。

辻馬車を使って王都を回り買い物したので、ジェーンに頼まれたものはすべて順調に入手できたが、アリスはそのまま帰る気になれなかった。

そこで、道に迷って時間がかかってしまったという言い訳を思いつき、ランスロッドと行った王宮にほど近い公園に気分転換にやって来た。

アリスは小さな笛を取り出し、カナリヤを呼び出す。愛らしい小鳥はすぐに空から舞い降りてきた。公園に来る前に買ってきたパンをやると、黄色い小鳥は喜んでついばむ。それを見ているうちにアリスの心は和んだ。

アリスは思いついて、紙片に『パメラが浮気をしていた』とメモを書き、カナリヤの足につけ空に放つ。羽ばたいていくカナリヤを見送り、そろそろ帰ろうかと噴水広場の方へと移動すると、カナリヤがすごいスピードで舞い戻ってきた。アリスはカナリヤを呼んでいないので驚いた。

「あなた、戻りがずいぶんと早いのね」

アリスがびっくりしていると、カナリヤが小首をかしげる。その姿がなんともかわいらしい。そして足には紙片が結びつけられていた。

【今どこにいるの？】

ランスロッドからのメモだ。

「えーっとこれって、来るつもりじゃないわよね？　でも知らせないと心配するし……」

アリスは少し迷ってから、前に二人で行った公園にいることを伝えた。もちろん、仕事を優先してほしいから、来なくても大丈夫だと付け加えて。

しかし、アリスが公園の入り口に差しかかる頃、ランスロッドが通りを駆けてくるのが見えた。

「ランス！　なんで来たの？　あなた仕事は？」

アリスが連絡するたびに、こうして会うのではさすがに気が引ける。

「いや、たまたま近くにいたから」

そういう彼の肩にはカナリヤがちんまりと止まっていた。ランスロッドの金髪とカナリヤの黄色の色合いが綺麗だ。

「なるほど、それでカナリヤが戻ってくるのが早かったのね。驚いたわ」

「アリス、パメラが浮気してたってどうしてわかったんだ？　噂？　それとも後をつけたとか……？」

わずかにランスロッドの青い瞳が鋭くなる。勘がいい彼を前にアリスは思わず目を泳がせた。

「ええっと、無理はしていないのよ。たまたま買い物を言いつけられてお屋敷を出ようとしたら、パメラと侍女のミアが出かける時間とぶつかって」

「やっぱり後をつけたんだね。それで、パメラはどこで男と会っていたの？　まさか危ない地区じゃないよね？」

ランスロッドの心配はそこにあったようだ。アリスは下町の劇場の名を告げる。

「あまり治安はよいとは言えないけれど。それほど危険ではないか。はあ、君が心配でたまらない」

「大丈夫よ。私がけっこう強いのは知っているでしょ？」

「知っているから心配なんだ。アリスはそう言っていつも無茶をする」

まるでランスロッドが保護者のような口をきく。アリスはつい、自分の方が年上だと言い返しそうになる。しかし、よくよく考えてみたら、彼はセギルにおいて確かにアリスの保護者なのかもしれない。アリスはセーラのことになると、とかく暴走しがちだ。ここは冷静にならなければと思う。

「うん、ランスに心配かけないように注意する」

「それならいいけれど、現場を押さえようなんて考えないでね。妾が白を切ればそれまでなんだから」

「わかっている。今の私の立場は入ったばかりの下級メイドだもの。でも、悔しい。やっとパメラの浮気現場をこの目で見たのに。それに屋敷で働いているのにまだ肝心のヘルズ公爵に会ったこともないのよ」

彼といるとつい愚痴が出る。

「そんな気がしてゲイリー・ヘルズの姿絵を持ってきたよ。今度アリスに会ったときに見せようと思って、用意していたんだ」

ランスロッドが封筒を差し出す。

「ランス、ありがとう！　どんな顔をしているのかすごく気になっていたのよ」

アリスは早速開けてみた。

中からは薄茶の髪に端整な面立ち、すらりとした体躯をした男性の姿絵が出てきた。

「こういう見た目をしているのね」

アリスが姿絵をにらむようにしてうなずくと、ランスロッドが首を振る。

「ああ、それは釣書だから、五割増し。よく描けている。あまり参考にならないかもね」

「あきれたわね。いくら釣書でも五割増しなんて図々(ずうずう)しい。早くヘルズ公爵本人の顔が見たいものだわ」

アリスはまだ見ぬゲイリーに怒りを募らせた。

「そうだ。アリス、下手にパメラを探るより、屋敷内に噂を広めた方がいいんじゃないかな。いずれはヘルズの耳に入るだろう。少なくとも彼は調査しようとするはずだ。妾が浮気などコケにされているも同然だからね」

なかなかの妙案だと思った。

「わかった。まずはそうしてみる」

「焦らず様子を見るといいよ」

その日はそれで別れることにした。すでに買い物を済ませたとはいえ、なんといってもアリスはお使いの途中だし、ランスロッドも仕事の途中だ。だから、彼には送らなくていいと言ったのに、結局ヘルズ家の近くまで馬車で送ってくれた。

アリスが買い物から帰り、パメラのことをジェーンに告げてから何事もなく二日ほど過ぎた。

下級メイドたちにも話したので、噂はすごいスピードで広がっているが、ゲイリーにまだ動きはない。

最近アリスは二階での書類仕事が増えたせいか、ジェーンの指示で同じフロアの掃除担当をするようになった。便利に使われているわりに、給金はちっとも上がらない。しかし、目的には近づいてきているので、薄給でもよしとする。洗濯場や厨房のある一階フロアもパメラの部屋とゲイリーの執務室のある二階フロアも、屋敷の間取りはすでに頭に入っているから、今度はもしもの時のために逃走経路も考えておいた方がいいかもしれない。

アリスが掃除をしながら、今後の段取りを整理していると、いつも静寂に包まれている昼下がりの屋敷に、突然女性のヒステリックな叫び声が響いてきた。

何事かと思い、箒を片手に声のする方に行くと、一階の吹き抜けのエントランスでパメラと男が言い争いをしていた。アリスはそれを二階の手すり越しにそっと覗く。

パメラは興奮して顔を真っ赤にしている。それをメイドや執事がとりなそうとしていた。ミアは怯えたようにパメラのそばに控えている。状況的に、こちらに背を向けて立っている男がゲイリーであることは間違いない。

「今まで、家の金に手をつけていたのはお前だろう？」

ゲイリーの言葉を聞いてアリスはドキリとした。これでようやくセーラの濡れ衣が晴らされるのだろうか。

「違う。私じゃない。どうしてそんなひどいことが言えるの？　だいたい証拠はあるんですか？」

耳障りな声でパメラがゲイリーに噛みついている。

「だったら、そのネックレスはなんだ？　買ってやった覚えはないぞ！　ずいぶんと豪華な物ではないか。お前、妾の分際でいったいどういうつもりだ？　十分な宝飾品を買い与えているのに、それでも満足できないのか！　強欲な女だ」

居丈高なゲイリーが吐き捨てるように言う。

アリスは手すりから身を乗り出して覗き込み、パメラのつけているネックレスを確認すると、大きく目を見開いた。驚きつつも、気づかれないよう手すりに身を隠す。

「あれはお嬢様の……」

アリスは悔しくてたまらない。パメラはやはり泥棒だった。アリスは怒りを抑えるので精いっぱいだった。

その間にもエントランスで争う声はまだ聞こえてくる。

「本当は家宝を売りさばいたのはセーラではなく、お前ではないのか？」

ゲイリーの言葉にアリスは『その通りよ。お嬢様は絶対にそんなことはしない』と声をあげそうになった。よくもセーラのせいにしてくれたものだと、アリスの心の中は荒れ狂う。

パメラはきっと俳優に貢ぎ物をするためにヘルズ家の家宝を売り、セーラに罪を着せたのだ。

そのうえ、セーラのものまで奪った。絶対に許せる所業ではない。

「そんな馬鹿なことがあるわけないじゃない！　あの時は質屋の主人もあのセーラとかいう女が売りに来たと証言したではないですか。あの気取った女の仕業よ！」

（は？　お嬢様を呼び捨て？　そのうえ、気取った女ですって？）

アリスは必死に自制した。心の中はパメラへの憤りであふれる。

「どうだか。実は質屋に金をつかませたのか、お前が質屋と懇意にしているのではないか？」

ゲイリーはパメラを疑っている。いい流れだと思ったが、アリスとしてはもっと早く疑ってほしかった。

「ひどい。ひどいですわ。ゲイリー様……」

パメラは怒鳴っても無駄だと感じたのか、今度は泣き落としにかかった。アリスはそんな彼女をあさましく思う。明らかにこういう修羅場に慣れている。そんな相手に、セーラはきっとまっすぐにぶつかっていったのだろう。

絶対に家の金に手をつけたのはパメラだ。パメラはアリスが確認しただけでもセーラのネックレスやイヤリング、ドレスを奪っている。きっとまだ出てくるはずだ。

「とにかく、金に手をつけた犯人がわかるまで、お前が部屋から一歩も出ることは許さん」

「そんな……、待ってください！　お金も宝飾品の管理もすべてミアに任せています！　私は本当に何も知りません」

アリスはパメラの言葉にぎょっとして、再び手すり越しにエントランスを覗き込む。パメラの隣にいたミアが飛び上がっている。

「パメラ様！　それはあんまりです！　私はそんなことしていません。パメラ様のご命令に従っているだけです」

彼女は必死に自分の潔白を証明しようとした。

「何言っているのよ。手癖の悪いあんたを侍女として使ってやっているのだから、ありがたく思いなさい！　よく主人である私にそんな口がきけるわね」

「私は、お金に手を出してなどいません！」

パメラにすごまれても、ミアは引かない。大した度胸の持ち主だ。

「もうやめないか！　侍女のお前は執務室への入室を禁止する。パメラは金が消えた原因がわかるまで、部屋で謹慎だ。いいな！」

一方的に叩きつけるように言うとゲイリーはグレゴリーと執事を引き連れ、大きな中央階段を二階へと上ってくるので、アリスは慌てて廊下の掃除に戻った。

今日初めてゲイリーの顔をはっきりと見た。確かにあの姿絵はよく描きすぎだ。容姿は凡庸で薄茶の髪の持ち主で、少し目が吊り上がっている。体躯は中肉中背で、威張り腐っていて品がない。明らかにセーラとは釣り合わないと感じた。

（あんな男の分際で、お嬢様に婚約破棄を突きつけるなんて絶対に許せない！）

グレッグの方が紳士で品があり、よほどセーラに似合っている。アリスは再度ふつふつと湧いてきた憤りを静めるため深呼吸をして、無心にフロアを掃除した。

無意識でランスロッドからもらったペンダントをブラウスの上から握ると、すっと気持ちが落ち着いてきた。

いずれにしても、ゲイリーとパメラが仲たがいをすることは、アリスにとって都合のよいことで、うまくいけば、セーラがヘルズ家の家宝を売り払ったという馬鹿げた誤解が解けるかもしれない。アリスは期待した。

セーラを陥れたのはパメラで、彼女の罪が暴かれればフランネル家が請求されている法外な賠償金も慰謝料も解消されるはず。そのうえでフランネル家はヘルズ家に慰謝料を払ってもらえばいいのではないかとアリスは考えた。これは十分に慰謝料を請求できる事案だ。それでもセーラの挫かれてしまった心は、回復するのに時間がかかるだろう。

だから、当然その程度ではアリスの怒りは収まらない。もはやゲイリーやパメラがセーラにした仕打ちは、謝ったり慰謝料を払ったりすれば済む問題ではないのだ。

アリスは手早く掃除を終えると、バケツを持って使用人用の裏階段へ向かう。仕事はまだまだいっぱいあるのだ。その途中でジェーンに呼び止められた。

「アリス、ちょっとこっちへいらっしゃい」

ジェーンが手招きしている。いつも通りの厳しい顔つきではあるが、目がらんらんと光り生気がみなぎっているように見えて、ちょっと不気味だ。

何事かと思い、アリスはジェーンに断りを入れると急ぎ掃除道具を戻しに行って、再び彼女の元へ向かう。

すると、初めてアリスはゲイリーの執務室に連れていかれた。

ジェーンの後について執務室に入ると、そこは煌びやかな空間だった。質素を旨としていたレイン家やフランネル家とは違い、高い天井にはシャンデリアが下がり、豪華な家具が置かれている。そして壁際には見事な細工を施されたツボが並んでいた。きっと収集しているのだろう。金で縁取られた絹張りのソファに猫足のティーテーブルがあり、広い執務室の奥には続き部屋があった。右奥にドアが見える。きっと金庫や大切なものはあの部屋に保管してあるのだろう。

大きく切り取られた窓の前に、家紋が彫刻されたどっしりとしたマホガニー製のテーブルが置かれ、尊大な様子でゲイリーが腰かけている。アリスは今すぐにでも殴ってやりたいと思った。

「こちらが、パメラ様の密会現場を目撃した下級メイドのアリスです」

アリスはジェーンの紹介に、高ぶる気持ちを抑え込み、何食わぬ顔で頭を下げる。

その後はゲイリーに問われるままに、下町の劇場で見たことを告げる。

ゲイリーの顔を見ているだけで虫唾（むしず）が走り、彼が顎に手を当てる仕草ですら忌々（いまいま）しく感じた。

「娘、それは本当の話か？」

人を見下しきった態度に怒りを通り越し、あきれてしまう。しかし、アリスは下級メイドを演じきらなければならない。

「私もチラリと見ただけなので、パメラ様に違うと言われてしまえばそれまでです。しょせん下級メイドの言うことですから。どうかご主人様ご自身のお目でお確かめくださいませ」

澄ました顔でアリスは答えた。

「これ、アリス。出すぎたことを！　ご主人様に失礼ですよ！」

ジェーンがアリスの物言いを叱る。

「しかし、私は下級メイドなので……」

困ったようにアリスが眉尻を下げ訴えると、ゲイリーが口を挟む。

「ならばパメラにはお前の名前は出さないでおいてやろう。恐らくパメラはその男に貢ぐため家の金に手をつけたのだろう。しかし、私としてはたかだか下級メイドの言うことを真に受けるわけにはいかない。だから、お前は私の元へ証拠を持ってこい」

「え？　どうやって持ってくるのです？」

ゲイリーはなかなか無理難題を押しつけてくる。証人でも連れてこいというのだろうか。証人といっても下町の劇場の者たちしかいない。はたしてゲイリーがそれで納得するだろうか。

アリスは甚（はなは）だ疑問だ。

「自分で考えろと言いたいところだが、ちょうど試したいものがあってな」

ゲイリーは不快な笑みを浮かべ、デスクの引き出しを開ける。そこから平べったい金属の中央に水晶がはめ込まれた道具を取り出した。金属部には魔導具特有の細かい文様が彫り込まれている。

「娘、これはわが国で開発中の映像と音声を記録できる魔導具で、その試作品だ。パメラとその男の密会の現場をこの魔導具に収めてこい」

アリスは驚いた。

「そのような魔導具があるのですか？」

「言っておくが、おかしな気を起こして、これを持って逃げたり、売り飛ばしたりしたら、お前は絞首刑だ。それを肝に銘じ、証拠を押さえてこい」

脅すように言うゲイリーに苛ついたが、アリスはとりあえず怯えたふりをする。

映像記録用の魔導具が、ゲイリーから直接アリスに手渡された。それは四角くてアリスの手にすっぽりと収まる大きさだった。ゲイリーの説明によると、使い方はいたってシンプルで、対象物に水晶の部分を向けて、上方についている小さな突起を押すだけで作動するという。

「お前のような下級メイドにも簡単に扱えるだろう？」

人を小馬鹿にしたような口ぶりだ。

「あの、私は人の後をつけるとか、そういったことをした経験はありません。今回はたまたま、見かけただけなので。それにこれは下級メイドの仕事ではないと思いますが？」

　アリスがぬけぬけと言うと、ジェーンが焦ったように叱る。

「アリス、いい加減になさい！」

　しかし、ゲイリーは怒るジェーンを止めた。

「そうだな。見事証拠を持ってくれれば、上級メイドに昇進させてやろう。それから、特別手当をやる。ただし、失敗したり、パメラに気づかれたりしたら、その時は覚悟をしておけ。お前の虚言ということになるからな。ただでは済まさない」

　ゲイリーは静かにアリスを恫喝する。嫌な奴だと思った。

（お嬢様は、なぜこんな男との婚約を承諾したのかしら？　初対面の時は感じがよかったとか？）

　ランスロッドの手紙によると篤志家とあった。裏と表で巧みに仮面を使い分けているのかもしれない。アリスから見たゲイリーは狡猾で信用ならない男だった。

「承知いたしました。上級メイド昇進の件と特別手当、楽しみにしています」

　アリスはにこりと笑う。

　そんなアリスを、ジェーンが苦虫を噛みつぶしたような顔で見ている。アリスを利用するつもりでいたのに、自分が利用されたことに気づいたのだろう。しかし、アリスはゲイリーが下級メイドとの口約束を守るとは思えなかった。

その晩、アリスが粗末な使用人部屋で寝支度をしていると、部屋にサリーがやって来た。

「アリス、なんかあったの？　あんたがご主人様の執務室に呼ばれたって噂になっているよ」

サリーが不安そうに聞いてくる。

「心配かけてごめんなさい、サリー。でも口止めされているの。大丈夫、悪い話ではないから心配しないで。首になるわけではないから」

アリスはサリーを安心させようとして微笑んだ。

「口止めされているって……。アリス、屋敷の秘密には関わらない方がいい。何人もの使用人がある日突然いなくなったのは、屋敷の秘密を知ったせいだっていう噂があるくらいなんだよ」

それは気になる噂だとアリスは思った。

「ありがとう。そこまで心配してくれて」

アリスは心配するサリーをなだめて部屋へ帰した。

サリーの思いやりが身に染みる。アリスはゲイリーを許せないが、ここで働いている善良な使用人たちまで巻き込むつもりはない。どこかいい屋敷へ転職させてあげたいと思った。


翌日からアリスは、パメラの動向を本人に気づかれないように見張ることになった。彼女の部屋のそばで掃除をしたり、窓を拭いたりとメイドの仕事をこなしながら過ごす。その間、アリスの不審な動きを悟られないためのフォローはジェーンと執事がやることになっている。二人ともパメラが気に入らないようで、この件に関してアリスにかなり協力的だった。

そんななか、騒ぎが起きたのはアリスがパメラを見張り始めて二日後のことだった。

パメラの部屋から言い争う声が聞こえてきた。どうやらパメラとミアは、閉まったドアのすぐ内側でもめているようだ。アリスは箒を手にして、パメラの部屋まで近づき耳をそばだてる。

「パメラ様、どうか外出はお控えください！　ご主人様にバレたらどうするのですか？」

「何を言っているのよ。バレるわけがないわ。証拠もないし、あんたが告げ口したとしてもゲイリー様は私の言うことしか信じないわ。嫌なら、ついてこなくていいわよ。その代わり、あんたは今日で首！」

「そんな、あんまりです！」

ミアが悲痛な声で叫ぶ。その声は大きく、閉ざされたドアの向こうから廊下に響き渡った。

「何を言っているの？　私があんたを拾ってやったのよ。本当なら侍女になんてなれない身分じゃない！　ありがたく思いなさいよ。それに私が、今まであんたのやってきたことをゲイリー様に漏らしたら、即刻牢屋行きよ。最悪絞首刑かも」

そう言って、パメラがミアをあざ笑う声が聞こえる。

「でも、それはパメラ様の指示されたことで。ひどい！　全部私のせいにするなんて、あんまりです！」

必死にミアが抗議している。さすがに二人とも声を抑えたのか、聞き取りづらくなってきて、アリスはドアに耳をぴたりと押し当てた。

　本来ならば、アリスはこのようなはしたない真似はしないが、今はセーラのために少しでも情報を集めたかった。

「お金のことはそうかもしれないけれど、セーラの持ち物はあんたが勝手に盗んできたんじゃない！　それにちゃっかり指輪は自分のものにしているでしょ？」

　それを聞いたアリスは血の気が引く思いだった。

「そんな！　高そうなルビーやサファイアはパメラ様のために持ってきたんじゃないですか。ひとつくらい手間賃でもらったって」

（人から盗んだものを、手間賃ですって？）

　声をあげそうになったが、アリスはなんとか堪えた。

　これを聞いた瞬間、アリスの中でミアもパメラと同罪になった。そしてこの口ぶりだとヘルズ家の金を使い込んでいたのはパメラで決定だ。セーラは彼女にはめられた。

「それを世間じゃあ、泥棒っていうのよ」

　パメラは自分を棚に上げ、ミアをなじる。

「それならパメラ様だって、同じじゃないですか！」

　そこでドンと大きな音が響き、ドアがいきなり開いてミアが転がり出てきた。どうやら、パメラに強く殴られたようだ。アリスはその様子を見てあきれ返った。この二人は同じ穴のムジナなのでミアに同情などしないが、それにしても……。

（びっくりするぐらい野蛮ね）

鼻息荒く出てきたパメラとアリスの目が合った。

「ちょっとあんた、そこで何をしているの？　まさか立ち聞き？　誰かに告げ口したら首にしてやるからね！　あたしは侯爵家だかなんだか知らないけれど、貴族の偉そうな小娘もここから追い出してやったんだから。逆らうんじゃないわよ」

パメラがアリスにすごむ。

セーラを思いアリスは腹立ちを感じたが、持てる忍耐力を総動員してぐっと堪えた。ここでパメラにつかみかかればすべてが水の泡だ。アリスは怒りを隠すために、怯えているふりをしてうつむいた。

「私はここを掃除していただけです。それにお屋敷に来たばかりで、なんのことだかわかりません」

アリスがとぼけると、パメラは鼻を鳴らし、足音高く廊下をずんずんと歩いていく。不満そうな表情を浮かべながらも、ミアはその後をついていく。ミアの左頬が腫れ、わずかに唇が切れていた。それを見てアリスはぞっとする。

（かっとなるとすぐに手が出るのね。お嬢様は、やはりパメラに階段から突き落とされたんだわ）

きっとミアはその現場を見ていたはずだ。なんとか聞き出す手はないかと考える。ミアと仲良くなるのが一番だが、アリスには抵抗があり無理そうだ。何よりセーラのものを盗むなど許せない。それにパメラを告発すれば、追いつめられるのはミア自身なのだから、彼女がアリスに真相を語るとは思えない。

パメラはイライラと、ミアを叱りつける。

「さっさと御者に馬車を出すように言ってきなさい！　気が利かない愚図ね。これ以上私に不満を言うようなら首にするわよ」

ミアは頬を引きつらせ、怒りに青ざめていたが、それでも御者を呼びに走った。パメラとミアは決して仲がいいわけではなく、利害関係で結びついているのだろう。

アリスはミアの後ろ姿を見ながら、さっき耳にした話を思い返す。二人が言い争っていた原因はパメラの外出にあるのだ。パメラはあの俳優のところへ行く気だ。

思いもよらず、早いうちにチャンスが巡ってきた。

視界からパメラたちが消えると、アリスは箒を片づけ、外套を羽織る。足早に使用人用の通路から屋敷の外に出ると、急ぎ辻馬車をつかまえた。

以前と同じ手順でパメラとミアを乗せた馬車の後を追う。

アリスは髪も瞳も茶色くて、眼鏡くらいしか特徴はない。逆に目元さえ見えなければ、どんな街にでも埋没する自信がある。フードを目深にかぶったり、前髪で隠したりしてもいい。誰も彼女に注意を払わないのだ。つくづく、こういうことに向いた容姿でよかったと思う。

「見てなさいよ。絶対に証拠をつかんで、お嬢様の敵を取ってやるわ」

アリスはゲイリーから預かった魔導具を握りしめる。

この調査に関してゲイリーは、アリスに軍資金を持たせることはなく、馬車代は自腹であるが、まさか一介の下級メイドが辻馬車を雇う金を持っているとは思っていないだろう。改めてゲイリーのケチぶりと陰湿さに虫唾が走る。

（ヘルズ公爵が篤志家だなんて、信じられないわ。絶対に屑よ）

それに引き換え、フランネル一家の人たちは優しく、使用人たちも親切で働きやすい職場だった。セーラはきっとこのギャップに驚き、心を痛めていたことだろう。


パメラを乗せた馬車はアリスの予想通り、以前も行った下町の劇場へ向かった。馬車から降りると、アリスはゲイリーから預かった映像記録用の魔導具を作動させる。

後をつけられているとは知らず、彼女たちは楽屋口から劇場に入ると慣れた様子で長い廊下を進んでいく。アリスが前に来た時と同様、廊下には雑然と物が積まれており、隠れやすいスペースがたくさんあった。

アリスは足音を立てないように後をつけ、映像を撮り続ける。いよいよ左奥の楽屋に着くと、パメラは前回と同じようにゆっくりと六回ノックした。それが二人の合図なのだ。

しばらくしてからドアが開くと、やはり前回と同じ派手な顔立ちの俳優が出てきて、二人は固く抱擁を交わす。

パメラは艶やかな笑みを浮かべ「あなたに似合うと思って」と言って俳優に箱を渡す。恐らくあれは貢ぎ物だろう。そうとう高価な宝飾品でも入っていたのか、受け取った俳優が破顔し、パメラにキスを落とすと彼女の肩を抱いて楽屋に引きずり込んだ。

一回目にして、あっさりと証拠映像が撮れてしまった。

閉ざされたドアの前にはミアが立っているが、今日はふて腐れていて見張りをする気も起きないようだ。この映像をゲイリーの元へ持っていけば、ミアも話を聞かれることになる。この様子だと洗いざらい話してくれるかもしれない。それとも彼女はパメラが追い出されることにより、自分が職を失うことを恐れるだろうか。

いずれにしてもアリスには関係ない。今ではミアも許せない存在なのだ。

これでもう証拠は十分だが、アリスはしばらく待つことにした。小一時間ほどすると二人は出てきた。名残惜しそうにキスを交わす。その様子もばっちりと魔導具に収めた。

ほんの数時間程度で、これ以上ないほどの収穫だ。パメラは浮気をしているというのに、驚くほど危機管理ができていない。そのおかげで調査が簡単で助かった。

アリスは劇場を出たパメラの行動を追跡する。彼女は宝飾店で高価な宝石や貴金属を買いあさり、それからドレスを仕立てた。金はその場で払っていないようなので、ヘルズ家のつけで買っているのだろう。

　そして再びパメラの乗った馬車は下町方面へと向かった。

（また、あの舞台俳優に貢ぎ物でも持っていくのかしら？）

　アリスは眉根を寄せる。今日の外出は長く、いささかうんざりしてきた。アリスはなるべく感情を排除して、機械的に彼女の様子を魔導具で記録していく。

　そもそもこんな愚かな女に、聡明で美しいセーラがいじめられたなど耐えがたいことだった。もっともセーラは心が清らかすぎて、薄汚れた人間を知らなかったのだろう。欲にまみれた人間は醜悪で、善人が予想もつかないようなとんでもない悪事にでも手を染めることがままある。

　前世の記憶を持っているアリスは、たまたまそれを知っていただけだ。

　パメラを乗せた馬車は下町でも劇場があった賑やかな地区とは逆方向へ進み、うらぶれた地区に入っていった。

　やがて古いが頑丈そうな石造りの三階建ての建物の前で馬車は止まる。

　パメラとたくさんの荷物を持つミアが馬車から降りた。荷物は先ほど買い物をしていた店のものだ。

「まさか、パメラのセカンドハウス？　……のわけないわよね？」

　このようなうらぶれた地区にあって、パメラの派手ないでたちは明らかに浮いている。

　アリスも急ぎ馬車から降り、魔導具を携えパメラたちの様子を撮影した。

彼女たちは臆することなく、そのまま建物に入っていった。外からでは中の様子は、まったくわからない。看板は出ていないが、個人宅ではなく何かの店かもしれないとアリスは予想した。

なかなか出てこない彼女たちにじれて、アリスもその建物に入ろうとすると、辻馬車の御者に止められた。

「嬢ちゃん、行っちゃダメだ。あの店は一見さんお断りだ。つまみ出されるか、売り飛ばされるかするよ」

アリスは御者の言葉に驚いて顔を上げたが、魔導具の焦点はパメラたちが消えた建物の出入り口に固定したままにしている。

「それはまた物騒な……。なんのお店ですか？」

しかし、御者は首を振る。

「若い娘がこんなところへ来るもんじゃないよ。悪いことは言わない。すぐにこの地区から出よう。あの店に入っていった女たちはまともじゃないよ」

どことなく御者自身が怯えているように見えた。

「そうは言われても、これが私の仕事なんです。とても偉い方から命じられてしまって」

アリスは困ったように眉尻を下げる。

「ありゃあ、元女優の高級娼婦だ。ここいらじゃ女優が娼婦を副業にすることもある。それから嬢ちゃん、さっきから手にしているものはなんだい？」

どうやら、御者の好奇心を刺激してしまったようだ。まさか素直に魔導具と答えるわけにはいかない。

「これは……祖母の形見です。田舎から出てくる時、お守りにもらいました」

「ならなおさら、この地区から出た方がいい」

親切な御者に嘘をついてしまったせいか、アリスの良心は少々痛む。しかし、もう一度聞かずにはいられない。

「あの店が何を売っているか、ご存じなんですね？」

「売っている？　馬鹿言っちゃいけないよ。あそこは買っているんだ」

御者がそう言った時、建物からパメラとミアがちょうど出てきた。ミアは先ほどのかさばる荷物ではなく、小さな包みをひとつ持っている。つまりあの建物は質屋ということで、パメラは買ったものを質に入れ金に変えたのだ。

彼女は宝飾店でヘルズ家のつけで買い物をして、それを質に流して金を得ている。あの手慣れた様子からして、こういうことを繰り返しているのだろう。かっとなりやすいだけではなく、パメラはアリスが思っていたよりずっと狡猾な女だ。そして、そうまでして金を得たいのは、あの舞台俳優に貢ぐためなのだろう。愚かなようで、悪知恵が働くなかなか大胆な女だ。

いずれにしても、これでパメラを追い出す証拠が出そろった。

パメラとミアは再び馬車に乗り込むと、今度は寄り道もせずまっすぐに屋敷まで帰った。アリスは情報をくれた御者に多めにチップを渡して、屋敷の裏口から何食わぬ顔で二階に移動し、フロア部分の掃除に戻った。

結局半日ほどの外出にはなったが、それはゲイリーの命令でジェーンがうまくごまかしてくれることになっている。ジェーンは、常に協力的だった。

アリスは証拠を手に入れたことをジェーンに報告した。恐らく今夜ゲイリーからお呼びがかかるだろう。

これでパメラを追い出せる。あのゲイリーのことだ。ただではパメラとミアを追い出さないだろう。後始末は彼がつけてくれる。


その日の夜の賄いは豪華だった。アリスが最近上級使用人の手伝いをしているせいか、厨房の料理人たちもむげにすることなく、以前よりも快く調味料や肉を分けてくれるようになった。

アリスは久しぶりに腕を振るって故郷のレイン領のブラウンシチューを作る。肉が口に入れるととろけるほど柔らかく、大好評だった。

「なんだか、アリスが来てからここの賄いがすごくよくなった。こんなおいしくて豪華なシチューは初めて食べたよ。っていうか、どんどん豪華になってってない？　肉も野菜もたっぷり入っているし」

サリーが目を輝かせる。

「あたし、こんなおいしい料理は生まれて初めてだよ。本当にアリス様って呼ぼうかな。あんたの平凡な顔が時々、女神様みたいに神々しく見えるよ」

ベッキーはほくほく顔でお代わりをした。アリスは温めた黒パンと温野菜を添える。それだけでみんな感激してくれた。

最近、食糧事情が改善したせいか、きつい仕事をしている彼女たちの血色が徐々によくなってきていて、アリスは嬉しかった。

夕食後ほどなくして、アリスは予想した通りゲイリーの執務室に呼ばれた。

執務室にはすでに執事とジェーンのほか、グレゴリーが待機していた。

「ほう、よく逃げずに持ち帰ったな」

アリスが魔導具を差し出すと、ゲイリーは受け取りながらさげすんだ笑みを見せる。いちいち腹が立つ男だ。アリスはぎゅっと拳を握りつつ、笑顔で答える。

「はい、最高の記録が取れたと思います」

「よもや使い方を間違ってはいないだろうな」

（いちいち頭にくるわね！）

アリスはそんな感情をおくびにも出さず。自信満々で答える。

「必ずやご期待に沿えるかと思っております。ただひとつ気になることが。下町のうらぶれた地区で、パメラ様は不思議な建物に入っていかれました」

アリスは、澄ました表情でゲイリーの興味を引きそうなことを最後に付け加える。

「不思議な建物？」

「はい、それも記録されておりますので、ご覧くださいませ。お約束通り、ぜひともお給金の値上げをよろしくお願いします」

図々しく言ってのけるアリスをゲイリーが侮蔑の目で見る。しかし、彼はアリスの言い分には取り合わず、ここで待機するように指示を出し、グレゴリーだけを連れて続き部屋に入っていった。

執務室に一瞬気づまりな沈黙が落ちる。そんな最中でも執事は主人のための茶の準備を始めた。

きっとゲイリーがあの映像を見たら、茶を飲むどころではないだろうとアリスは予想していた。

ほどなくして、バタンという激しい音と共に、続き部屋のドアが勢いよく開き、ゲイリーは激しい怒りに形相をゆがませて出てきた。アリスはさりげなく続き部屋を覗き込む。執務室とつくりは変わりないようだが、帳簿類と思（おぼ）しきものがチラリと見えた。部屋の中はよく整理されているようだ。だがそれも一瞬で、後から出てきたグレゴリーがすぐにドアを閉ざした。そんな彼も顔色が悪い。

「ご主人様、あの女狐を追い出しましょう」

グレゴリーが低く怒りを抑えた口調で言う。

「当然だ。それも今すぐにだ！」

二人はあわただしく、執務室の戸口に向かう。しかし、そこでゲイリーは振り向き、アリスに目を据える。

「小娘、今日見たことはいっさい口外しないと約束しろ」

「え？　密会の現場ですか？」

「違う、その後だ」

「ああ！　パメラ様の爆買いですね」

「違うと言っているだろう！」

アリスはわざと察しの悪いメイドを演じ、ゲイリーのイライラを募らせる。

「あのうらぶれた……」

そこまで言ってアリスは口を閉じた。すさまじい形相でゲイリーがアリスをにらむ。

「承知いたしました。私は何も見ておりません」

アリスが怯えたように口元に手を当てると、鼻息荒くゲイリーがグレゴリーと共に執務室を後にした。執事が慌ててゲイリーの後を追う。

「パメラ！　まだ起きているんだろう！　出てこい！」

ほどなくして、屋敷中にゲイリーの胴間声が響く。執務室を出て、同じ二階にあるパメラの部屋へ直行したようだ。

ジェーンは、まだうつむいて両手で口元を押さえているアリスに声をかける。

「アリス、どうしたの？　あなたが震えるなんて。そんなかわいげがあったのね」

見当はずれな言葉をかけてくる。アリスは大声で笑いだしたいのを堪えているだけだ。おかしくてたまらない。だから震えが止まらないのだ。

「してやったわね」

アリスが口角を上げ小声でつぶやくと、ジェーンが不審そうな目つきをする。

「あなた、いったい、何を言っているの？」

「いいえ、なんでもありません。それで、私はもう休んでもいいのでしょうか？」

アリスは何事もなかったかのようにけろりと答える。

「あら、見ていかないの？　ご主人様が、パメラ様……いえ、パメラを追い出すところを。ついでにあの生意気なミアとパメラ専用の御者もね」

ジェーンは声音に怒りをにじませている。あざ笑う余裕もないようだ。だいぶ彼らに抑圧されていたのだろう。

「私は自分の身の安全を優先します。好奇心は猫をも殺すというではないですか？　ですので、今日あったことはすべて忘れて寝ることにします」

にっこり笑って、アリスは執務室を出た。後には唖然としたジェーンが取り残された。

二階の廊下には普段は取り澄ましている上級使用人たちが集まって、パメラが身ひとつでゲイリーに追い出される騒ぎを見物していた。それだけパメラは今まで傍若無人に振る舞っていたのだろう。醜く言い争うゲイリーとパメラ、パメラに罪をなすりつけられそうになって噛みつくミア。ひどい騒ぎになっている。アリスはそれをさげすみの目で見た。

復讐をひとつ終えた彼女の中には、冷めた気持ちしか残っていなかった。パメラの末路を見ることもなく、自室に戻る。もう何の興味も湧かない。

アリスは粗末な鏡の前で眼鏡を外し、髪を下ろすと、質素な寝巻に着替えベッドに寝転んだ。ふとセーラを思う。彼女も追い出される時、あのような見世物にされたのだろうか。そう思うといたたまれない。アリスの手は自然とアメジストのペンダントに伸び、ぎゅっと握りしめる。

まだ、アリスの復讐は終わっていないのだ。

(絶対にフランネル家へ慰謝料を払わせてやる。でも、それだけでは気が済まない)

ゲイリーのような人間はきっと反省しないだろう。それならば、思う存分今までの己の行いを後悔させるまでだ。

「お嬢様を可愛がってくれた分、しっかり御礼をしなければなりませんね」

アリスは不敵な笑みを浮かべると、復讐の決意を新たにした。

翌日、パメラの一件は屋敷中の使用人たちが知るところとなった。妾が金を使い込み、それをコノートから来た婚約者セーラのせいにして、屋敷から身ひとつで放り出されたのだ。

パメラとミアは朝方まで屋敷の前でわめいていたが、やがて役人が引き取りに来たという。その姿を目撃した者も多く、瞬く間に屋敷に醜聞となって広まり、下級使用人たちまでその話で持ちきりになった。

そのうえ、パメラは最終的に家宝を売り払ったことも白状したという。

なんともお粗末な結果で、ゲイリーの目は節穴としか思えない。密かに陰で主人を笑う者までいる始末だ。

アリスは事の顛末にあきれ果ててはいるものの、心の奥底から新たな闘志が燃え上がるのを感じた。

「絶対に許さない。首を洗って待っていなさい。次はあなたの番よ」

アリスが屋敷にやって来て、ひと月半が過ぎた。彼女は異例の抜擢で上級メイドに出世していた。意外にもゲイリーは約束を守ったのだ。

グレゴリーが言うにはアリスは金にがめついが、『使えるメイド』とのこと。彼女にとっては好都合である。

給金も扱いもまったく違うが、アリスは食事だけは下級メイドたちと一緒に取らせてもらうことにした。ひとえに彼女たちの栄養状態が心配だからだ。

「本当に気軽にアリスなんて呼べなくなっちまったね」

下級使用人用の食堂でベッキーが野菜のたっぷりと入ったスープを口に運びながらも、ばつが悪そうな顔をする。

「やめてよ、私は何も変わってないんだから。上級使用人たちがけっこうやめて人手不足みたい。だから、私はただの穴埋めよ」

アリスは気軽に応じた。

「アリスは字が読めるもんね。ちょっと寂しいけれどおめでとう」

サリーがお祝いの言葉をくれる。

「でも私、食事はずっとここで取るから」

アリスはにっこり微笑んで鍋をかき回す。

「いいのかなあ？　上級メイドのアリスにあたしらの賄いなんか作らせて」

心配そうにベッキーが言うが、アリスは笑い飛ばした。

「上級メイドっていっても臨時みたいなものよ。代わりの人員が補充できたら、またここに戻ってくるから」

「アリスがここにいてくれるのは心強いから嬉しい。でも、それってアリスのためにはよくないよ。上級使用人たちと一緒にいた方が何かと目をかけてもらえるかもしれない。食事も彼らと取った方がいいかも」

サリーは相変わらず人がいい。

「何言っているの？　私は堅苦しいのはあまり好きではないのよ。それに行儀もうるさそうだし」

アリスが肩をすくめる。

「そうかな？　なんかアリスって品よく見えて、時々どこかのお嬢さんなんじゃないかって思っちゃう」

ベッキーが小首をかしげる。

「お嬢さんが、料理や洗濯なんてするわけないでしょ？」

アリスはさらりと流した。

「だよね。没落貴族の娘とかだったら、初めから上級使用人になっているだろうし。そんな人があたしらと気さくに付き合うわけないよね。それに洗濯も手慣れていたし」

ほっとしたようにサリーが笑うとやっと場が和んだ。

思わぬところで友情が生まれてしまった。彼女たちだって読み書き計算ができるようになれば、下級使用人に対して劣悪な条件のヘルズ家ではなく、もっと条件のいいところで働けるはずだ。

復讐に夢中になり婚約者に連絡を怠っていたが、今までの経緯を話してランスロッドに彼女たちのことを頼んでみようかと思った。

アリスは上級使用人になったことにより休憩時間ができ、外出許可も比較的容易に取りつけることができる。

ランスロッドの都合のいい日を聞いて、もう少し突っ込んでこの国について聞いてみるのもいいかもしれない。特に今回はゲイリーに忘れろと言われた建物が気になっていたのだ。

(それで……結局シグネットリングはどこで使われているのかしら？)

一番大きな謎がまだ残っていた。

第五章　この程度で、アリスの復讐は終わらない

アリスの上級使用人としての仕事は、グレゴリーから書類を受け取り、それを関係各所に届けるというお使いだ。時には簡単な事務手続きをすることもある。

そのおかげでわりと自由に街を見て回ることもでき、うまく調整すれば休憩時間も多くつくることができた。なかなか順調なすべり出しだ。

そんなある日の朝、アリスは書類の中にコノート王国フランネル家宛の督促状を見つけ、大いに憤慨した。

破り捨てたい気持ちでいっぱいだったが、さすがにそれは思いとどまった。

「いったいどういうこと?」

金を使い込んでいたのはパメラで、家宝を売り払ったことも白状した。それなのにどうして図々しくフランネル家に金を請求できるのだろう。

きっとパメラの件を闇に葬り、あくまでもセーラのせいにする腹積もりなのだ。驚くほどケチで狡猾かつ、あさましい。ここまでくると立派な犯罪だ。

アリスには、到底そのようなことは看過できなかった。

とりあえず、アリスはこの国について知らないことが多すぎると感じ、その晩カナリヤを呼

び出し、ランスロッドに会う約束を取りつけた。

　翌朝、彼女は書類の受け渡しのついでに、ほかの使用人たちから買い物はないかと聞いて回る。アリスは彼らのように徒歩ではなく、辻馬車を利用して移動するので、遠くへの買い物を引き受けたぶん、自由にできる時間ができて好都合なのだ。

　まさか、アリスが辻馬車を雇って街を回れるほど金を持っているとは誰も思わない。

「アリス、早く出世したいのもわかるけれど、そんなことしていたら、あなた一日中外に出ていることになるわよ。逆に出世が遠ざかるわ」

　親切心からかはわからないが、ジェーンが廊下を足早に行くアリスに声をかける。

「私はお給金が上がっただけで十分なので、これ以上の出世は考えていません。それに部屋も綺麗なところに移らせていただいたし、これくらいは働かないと」

　アリスが意気込んで答えると、ジェーンが首を振る。

「あなたは、まだ若いからそんなことを言うのよ。もしも気が変わって出世したくなったら、屋敷で事務仕事をやることをお勧めするわ。幸いあなたは字が綺麗で重宝されているようだし」

「なぜ私を気にかけてくださるのですか？」

　アリスは意外に感じた。ジェーンはもっと打算的な人かと思っていたのだ。

「あなたはずいぶんと仕事ができそうだし。偉くなっても私をむげに扱わないでね」

言葉とは裏腹に、ジェーンは意外にも穏やかな笑みを見せる。

「まさか、そんなことするわけがありませんよ。それに私に人の管理なんてできませんから」

ジェーンはアリスがこの屋敷に長く勤めると思っているのだろう。

「最初はあなたのことを私の地位を脅かす、いけ好かないメイドだと思っていた。でも、アリスはただ正義感が強いだけなのよね」

「え？」

なぜ、彼女がその結論に思い至ったのか、アリスには皆目見当もつかない。

「どいつもこいつもパメラとミアが追い出されるのを面白がって見ていたわ。もちろん私もね。胸がすいたし、ざまあみろと思った。実際彼女たちはやりたい放題だったし、私もパメラやミアから使用人のくせに生意気だと宝石を奪われたことがあったの」

「なんですって」

アリスは驚いて、ジェーンを見る。

「そんなに驚くこともないでしょ？　こう見えても私は没落貴族の娘なのよ。いざという時のために宝石のいくつかは手元に残しているわ」

そう言うジェーンが少し寂しげに見えて、アリスはなんと声をかけていいのかわからなかった。

「それと……、ご主人様に身ひとつで追い出されるパメラやミアを皆があざ笑って見物していたのに、あなただけは興味も見せず通り過ぎた」

「そうですね。興味はありませんでした。それに私は、あの仕事に失敗していたら首でしたよね？」

アリスはさっぱりとした口調で答える。

「確かにそうかもしれないけれど、あなたはいまだに、下級使用人たちと一緒に食事を取っているでしょ。彼女たちの賄いを時々引き受けて、料理人と交渉して食材を提供させている。そんなメイドは初めて見た。人の管理が無理だなんて、そんなことないわ。あなたには人望がある」

ジェーンがアリスをまっすぐ見る。

「さっさと金をためて屋敷を出るといいわ。あなたなら、もっとましな職場が見つかるはずよ」

最後は早口でまくし立てるようにそう言うと、ジェーンは去っていった。

彼女はきっと賢い女性なのだろう。悪ではない。ジェーンの弱い立場が、彼女を事なかれ主義にするのだ。

そしてこの屋敷の閉塞的な雰囲気が、ジェーンをぴりぴりとした状況に追い込む。

アリスは、外套を羽織り外出の準備を始める。

「意外と見られているものね。もっと慎重にいこう。でなければ目立ってしまう」

早く情報を手に入れたいからと、焦りすぎたのかもしれない。アリスは自身の行動を振り返ると、気を引き締めた。

昼過ぎ、アリスはランスロッドと下町に近いカフェで待ち合わせていた。金髪碧眼の彼はかなり目立つので、とりあえず平民のような姿で来てほしいとお願いしておいた。

カフェに到着すると、すでにランスロッドは席に着いていた。金髪は濃茶になっており、眼鏡をかけている。ストック・タイにダークグレーの上着。この界隈では一般的な服装だ。しかし、残念ながら、美しい容姿と品のよい所作で店から完全に浮いている。

ランスロッドに声をかけると彼はすぐに椅子から立ち上がり、破顔する。周りの視線が一気に彼に集中した。そして紳士教育の染みついた彼は、アリスのために椅子を引く。もう店内では目立ちまくりだ。そんなことは貴族の男性しかしない。

地味で平凡な容姿のアリスに女性客からチクチクと嫉妬の視線が刺さる。髪の色を変え、服装を変えてもらったくらいでは、ランスロッドの美しさも品のよさもどうにもならないようだ。

「ランス、あなた眼鏡もよく似合うのね」

アリスは感心したように率直な感想を漏らす。本当によく似合っていて、一瞬見惚れるくらいには素敵だ。

「そう？　よかった。初めてかけてみたから、かえって目立つかなと思って心配していたんだ」

眼鏡があってもなくても彼は目立つ。眼鏡の向こうに長いまつげと深く青い瞳が見える。彼に周りの視線を集めている自覚はないのだろうかとアリスは思う。

ランスロッドは屈託ない笑みを浮かべて嬉しそうにアリスを見ている。

「いいの。無理を言ってごめんなさい」

ランスロッドに地味にしてほしいなど無理な相談なのだとアリスは悟った。

背の高さやスタイルのよさ、彼の端整な顔立ちはどうしたって目立つ。彼はアリスのような庶民的な容姿とは無縁なのだ。

ランスロッドの整った容貌を見て、アリスはふとパメラが浮気して貢いでいた舞台俳優を思い出す。ランスロッドの方がずっと綺麗で人目を引く。しかし、彼は俳優などという職業にはいっさい興味を示さないだろう。ランスロッドは十七歳にして地道に生きることを旨としているのだ。そのせいかアリスとはとても気が合った。

アリスは彼に会った途端に気が緩み、言わずにはいられなかった。

「世の中って不公平よね」

ランスロッドを見ると、富も美しさもひとつところに集まっているとしか思えない。彼が俳優であったなら、劇場は常に大入りだろう。アリスの小さなささやきをランスロッドは聞き逃さなかった。

「何かあったの？」

アリスの言葉に彼の顔が曇る。

「そうそう、あなたにいい職場を紹介してほしいと思って」

「え、今度はどこに勤めるつもり？　それとも屋敷でそうとうひどい目にあったのかい？」

ランスロッドの口元が引き締まるのを見て、アリスは慌てて首を振る。

「私ではないのよ。下級メイドたちの職場を斡旋してほしいの。労働状況が悲惨で気の毒なのよ」

サリーやベッキーを思ってアリスは眉尻を下げる。

「それなら、やっぱりアリスもひどい扱いを受けていることになるよね」

打って変わって彼の声が怒気を孕む。

「違うわ。私は大丈夫。楽しくやっているから。それどころか上級メイドに出世したのよ」

にこりと微笑むアリスとは対照的に、ランスロッドは悩ましげに額に手を当てる。その間にアリスは紅茶と木苺のタルトを注文した。

「下級メイドから、上級メイドってそうそうなれるものではないけれど、いったい何をどうしてそうなったんだい？」

真剣な表情で聞いてくるランスロッドを前にして、アリスは早速本題に入ることにした。

今まで屋敷であったことをかいつまんで話し、それからパメラが行ったうらぶれた石造りの店について心当たりがないかと尋ねる。

結果、アリスが話し終わる頃にはランスロッドは顔色をなくしていた。

「どうして、君はそんな危険な真似をするの？」

アリスはタルトの最後の一口を食べ終えて、目をぱちくりした。

「えぇっと、それは言ったでしょ？　ヘルズに尾行するように命令されたからよ。それにそんなに危険は感じなかったわ。ほら、私ってどこにでも溶け込めるから」

これはアリスのちょっとした自慢だ。

「アリス、場所を移動しようか？」

そう宣言すると突然彼は立ち上がる。

「ええ？　そんな長い時間は無理だけれど。お使い帰りなのよ。あなただって仕事があるでしょ？」

アリスは尻込みした。

「では、馬車の中で」

店を出ると、家紋のない二頭立ての馬車に乗った――というか、ランスロッドに乗せられた。

彼にしては少々強引でびっくりした。アリスの知らないランスロッドの一面を垣間(かいま)見た気がする。

てっきり馬車の中で話すのかと思っていたのに、乗ったと同時に走り出す。

「ちょっとランス、どういうつもり？」

隣に座るランスロッドにアリスが抗議の声をあげる。

「少し遠回りをして、ヘルズ家まで君を送るだけだよ。その間に話をするだけ。不特定多数の集まるところでは、誰に聞かれているかわからないからね」

そう言って彼はアリスの横で筒状になっていた地図を開いた。王都の、それも下町の地区が中心に描かれているものだ。ランスロッドはアリスが行った劇場の位置を指さす。

「まず下町の劇場は、比較的治安のいい方だけれどスリや置き引きが多い場所だから注意が必要だ。それから、君がそばまで行った石造りの建物はここらあたりでしょ」

ランスロッドが正確に指さす。

「そうよ。よくわかったわね。けっこう有名なの？　ヘルズからは忘れるように言われたけれど」

「裏社会では有名だ。あそこと縁のある貴族にまともな者はいない」

「なるほど……。だから、辻馬車の御者が注意してくれたのね」

「親切な御者でよかったよ。まったく君って人は……」

ランスロッドが心底ほっとしたように息をつく。

「で、やっぱり質屋なの？」

「ああ、足のつきやすい盗品や一点ものを主に扱っている。もう二度とあの地区には出入りしないでくれ。下手をしたら、アリスが売られてしまうよ」

必死な様子でランスロッドが言うので、アリスはうなずいた。

「ランス、あとひとつだけ。パメラがお嬢様にヘルズ家の家宝を売った罪をなすりつけたのだけれど、その裏づけが取りたいの。でもそれにはこの質屋を確認しなくてはならない」

「それくらい任せて、なんとでもするから」

今度はアリスがぎょっとした。

「なんとでもするって、どういうこと？　まともな貴族は立ち寄らないのでは？」

アリスは思わず身を乗り出した。

「俺は平気。問題は君だよ。それで映像記録用の魔導具はヘルズに返したのか？」

ランスロッドの答えに突っ込みどころはあったが、時間も限られているのでアリスは話を進めることにした。

「もちろん、すぐに返したわ。でも、あなたの国の魔導具技術はすごいのね」

アリスが感心したように言うと、ランスロッドがうんざりしたような顔をした。

「持ち出し禁止のものだ。たとえヘルズ公爵でもね。まだ秘匿されているものなのに、権力を利用して手に入れたのだろう」

ランスロッドから静かな怒りがあふれ出すのがわかった。

「とんでもない奴ね。それに腹の立つことに、すべてパメラが仕組んだことだってわかっているのに、ヘルズ公爵は平気でフランネル家に賠償金支払いの督促状を出しているのよ！　本当にあの書類を見た時は破いてやろうかと思ったわ。いったいどういうつもりなのかしら。ランス、本当にヘルズ公爵の悪評は聞いていないの？」
こういう時こそ冷静にならなくてはと思いつつも、アリスの腹立ちは収まらない。

「残念ながら。だが、噂されているような篤志家ではないということは君のおかげでわかっている。それで、アリスはパメラがその後どうなったかは知っている？」

「身ひとつで屋敷を追い出されて、役人が引き取りに来たそうよ」

アリスはその先を知らないが、どうせろくなことにはなっていないだろうと思っている。

「彼女は君が調査に行った下町出身の元女優兼娼婦だ。あのあたりではそういう女優は多いらしい。それからミアという侍女はその頃からの付き人だ。現在はパメラもミアも獄につながれている」

「なんですって？　ヘルズ公爵は役所に訴え出たの？」

それは初耳だった。

「そういうことだ。簡易的な裁判の末、半永久的に強制労働につかされる」

「それなのに、お嬢様は濡れ衣を着せられたままだわ！　いったいどうなっているのよ」

アリスは悔しくて、唇を噛む。

「パメラはもともと身分が低い。服役するには、公爵家の金を勝手に使った罪だけで十分なのだろう。そんなことより、アリス。そんなに唇を噛むと切ってしまうよ」

ランスロッドの指がそっとアリスの唇に触れる。温かく優しく触れる彼の指先にアリスは少々ドキリとした。

「だ、大丈夫よ」

慌てて彼から身を引くと、ランスロッドが少し寂しげな表情を浮かべる。彼を傷つけるのは本意ではないので、つきりと胸が痛んだ。ランスロッドといて、こんなふうに感じるのは初めてのことで、他国での生活に気持ちが張りつめているのかもしれないとアリスは自己分析した。

「それ、アリスの子供の頃からの口癖だよ。君は大丈夫という時ほど無理をする。本当にこのままヘルズ公爵の闇を暴くつもり？　相手はセギル王族に次ぐ大貴族だよ」

「せっかく上級メイドになったのに、ここでやめるなんて考えられないわ。あともう一歩なのよ。シグネットリングのことが知りたいの。お嬢様が持って帰ってきた物なのだから、きっと意味があるはずよ」

ランスロッドが表情を引き締める。

「わかった。だがアリス、今度おかしな魔導具を預かったら、先に俺に相談してくれ、この国では持っているだけで罪に問われることもある」

「ごめんなさい」

確かにアリスはゲイリーに利用され、危ない橋を渡らされていたし、すでにランスロッドに心配も迷惑もかけている。アリスは素直に謝った。

「まあ、一番いいのは逃げ出すことだけれど。それから、何かあったらこの宿に逃げ込んで。

俺を訪ねてきたと言ってくれればいいから」

そう言って、ランスロッドは地図を広げ直し、下町にある宿と一等地に位置する宿を指し示す。アリスに追手がかかった時のことを考えているのだろう。

「ええ、わかったわ。そんな事態にならないように、事を運ぶつもり。でも、どうして二か所も？」

「アリスが証拠を押さえた場合、役所の集まる一等地は警備が厳しいぶん君も犯罪に加担していると誤認される危険があるから。臨機応変にどちらかの宿を選んでほしい。もちろん、そんな事態にならないことを祈っている」

ランスロッドは真剣な表情だ。

「一筋縄ではいかないってわけね」

「相手は今のところ悪い噂もなく、篤志家の仮面をかぶっている大貴族だからね。君の話を聞いていると噂の人物像とはほど遠いな。権力もあるし、かなり危険な人物だとしか思えない」

アリスはランスロッドの言葉に深くうなずいた。

「その篤志家っていうのも納得がいかないのよ。孤児院に多額の寄付金を送る人が、下級メイドたちに重労働をさせた挙句、具のない白湯（さゆ）みたいなスープだけしか与えないってことがあるかしら。だからあのお屋敷、人がいつかないのよね」

アリスがそう言った瞬間、ランスロッドにガシっと両肩をつかまれた。何事かと驚いてアリスは両目を見開いた。

「ひどい目にはあっていないと、言っていなかったか？」

ランスロッドの青い瞳が不安に揺れている。

「ああ、えっと、それは私が改善しておいたわ。厨房の料理人と交渉して食材を分けてもらっているの。だから、食糧事情は良好よ。でも私がいなくなったら、彼女たちの待遇はまた逆戻り。それでいい勤め先を斡旋してほしいのよ」

真剣な表情でアリスは訴える。

「アリスは、いつもそうだ。お嬢様のため、下級メイドのため。自分のことはそっちのけで、他人を優先する。それもいいけど、アリスには自分のために生きてほしい」

ランスロッドが真摯に発する熱い思いに、アリスは驚いた。

「何を言っているのよ、ランス。私はいつだって自分のためだけに生きているわ。なんなら今が一番わがままに生きている。ヘルズ公爵のところでは下級メイドから上級メイドに駆け上がって、給金も上げてもらっているし。でも、あなたにはずいぶん迷惑をかけてしまったわ」

「アリスは突っ走り始めたら止まらないから」

ランスロッドがあきらめたように苦笑する。

「間違ってはいないけれど、失礼ね」

「これでも幼馴染みだからね。子供の頃から君は変わらない。もっとも俺はそんな君が好きなんだけれど」

　ランスロッドがほんのりと頬を染めて口元をほころばせた。アリスは不覚にもどきどきしてしまう。会うたびに彼は頼もしくなっている。

「わ、わかったわ。無理はしないと約束するから、安心して。でも絶対にヘルズ公爵のしっぽはつかんでみせる」

　ランスロッドの笑顔に危うく見惚れそうになったアリスは、早口にそう告げて気持ちを切り替えた。

　まずはゲイリーの篤志家の化けの皮を剥がしてやろう。しかし、メイドとして働いている以上、時間に限界がある。ゲイリーの夜の行動が探れないのだ。

「そうだわ。私が調べるのが危険だというなら、別の人に調べてもらおうかと思うのだけれど、あなたにそんな伝手はない？」

　ランスロッドが困ったような顔をする。

「あるにはあるけれど、あまり気は進まない。なんなら俺から」

「それはダメ。あなたをこれ以上巻き込めないわ。だって、仕事があるでしょ？　だから、誰とコンタクトをとったらいいのか教えてくれるだけでいいの。ほら、私、将来はこの国で生活するわけだし、いろいろ今のうちに知っておくのもいいと思うの」

　ランスロッドは、しばし思案した上で、あきらめたように口を開く。

「そういう面は俺がフォローしようと思っていたんだけれどね。うってつけの人間はいる。ただ行っても相手にされないよ。表向きは日用品や食材を扱う商会だから。俺が紹介状を書くよ」

「表向きって、商会が裏で調査のようなことまでしているの？」

　レイン家も商会を持っているし、ほかの商会とも付き合いがあるが、調査機関のような真似はしたことがない。

「商売上付き合うにしても相手の財政状況まで探る慎重な商人もいるんだよ。今この国では新興勢力が台頭してきているからね。商会といっても有象無象が集まっているものも多いんだ」

　アリスは感心してランスロッドの話に耳を傾けた。

「お隣の国同士なのに、ずいぶんコノートとは違うのね」

「そうだね。ただ、その商会の裏の顔を担っているボスが、下町の中でも特に治安の悪い地区の出身なんだ」

「なるほど、それはいい情報が取れそう！　あなたすごい伝手があるのね」

　アリスは顔を輝かせた。

「で、君は何を調べるつもりなの？」

　いささかうんざりしたようにランスロッドが言う。

「ヘルズ公爵の夜の行動かしら？　さすがに夜はお屋敷から抜け出せないのよね。公爵家だけあって警備が厳重なの。夜抜け出したのがバレたら、何か悪さをしているんじゃないかと怪しまれて即刻首よ」

アリスの言葉を聞いて、ランスロッドがほっとしたような笑みを浮かべる。

「それはよかった。あの家の厳重な警備も、アリスを守るのに一役買っているんだね」

「そんなに心配しなくても、ごろつきの一人や二人どうにか対処できるわ」

「君の腕は知っているけれど。心配だ。くれぐれもこの国の裏社会に真っ向から乗り込んでいくような真似はしないでくれ」

いつの間にかランスロッドが年上のような口をきく。

「大丈夫よ。今後はランスに迷惑かけるようなことは慎むから」

アリスはランスロッドに請け合った。

「俺にはいくらでも迷惑かけてくれてもかまわないよ。むしろいつでも頼ってくれ。俺は君が無事ならそれでいい」

「ちょっと、何言っているのよ」

ランスの真剣な眼差しに、アリスは焦り、頬に熱が上る。少し前まではアリスが彼の面倒を見ている気になっていたのに、いつの間にか彼が守ってくれている。

「それから、明日、君の職場に新入りの下男が入る。名前は……そうだな、ベンにしよう」

「え？　どういうこと？」

アリスは唐突な展開に目が点になった。

「必要な物があったら彼に言って。それと屋敷で万が一君が何かをやらかして逃げなければならなくなった時は、ベンが隙をつくって逃がしてくれるはずだから」

「ちょっと待って、それはどういうこと?」

アリスが気色ばむと、ランスロッドは眉尻を下げて懇願する。

「頼むよ、アリス。カナリヤだけでは心もとない。俺は毎日君が心配で胃がキリキリと痛むんだ」

ランスロッドは本当に苦しそうな表情をする。

「大丈夫なの?　それ私のせいではなくて何かの病かも、一度きちんと医者に診せるといいわ」

アリスが真顔で言うと、ランスロッドは深くため息をつき遠い目をした。

「俺はいったい何年間君に思いを告げ続ければ、まともに取り合ってもらえるのだろうか」

彼のストレートな言葉にアリスの心臓はとくんと跳ね、再び顔がほてる。

「それは……だって、婚約は政略的なものだし。そのうえ、一目ぼれって言われてもそうそう信じられないわ。そういえば、この国の貴族は妾を持つのが普通だとメイドたちが言っていたわ。コノートではあまり一般的ではないの。もしかしてランスロッドもそのつもりでいるの?」

アリスはランスロッドに半信半疑な目を向ける。

「アリス、ひどいな。俺の胸は張り裂けそうだよ。ずっとアリス一筋だと言っているじゃないか。君以外目に入らない」

ランスロッドが青い瞳を潤ませる。その姿はまるで捨てられた子犬のようで。先ほどまでは、頼りがいのある彼にほんのり甘い気持ちになったりもしたが、ここまで言われると重いし、責任すら感じる。なぜか子供の頃からランスロッドは、アリスが大好きなのだ。理由を聞いても彼は一目ぼれの一点張り。

「ごめんなさい、二度とあなたを疑うようなことは言わないわ。でもね、自分の配下の者をヘルズ家に忍び込ませるだなんて、過保護すぎると思うのよ」

アリスには、そこまで誰かに守られた経験がなかった。どちらかというと今まで人に頼られてきた。だからこの状況には戸惑いを感じる。

「アリスが自分で片をつけたがっているのはわかっている。だから、これは俺のわがままだ。君が心配で眠れない夜もあるんだ」

そこまで言われたら、アリスとしても引くしかない。

「つまりはすべてを一人で片づけようとする方が、あなたに心配をかけるってことね」

「そういうこと」

嬉しそうにうなずくランスロッドを見て、アリスはずるいと思った。彼は情に訴えるのが非常にうまいのだ。

そして、アリスも彼に懇願されるとむげにはできない。恋愛と呼ぶのは違う気がするが、アリスもランスロッドが大好きだ。

子供の頃から、ずっと好きだと思いを告げられ続け、嫌いになんてなれるわけがない。アリスとランスロッドの間で、多少意見に食い違いがあっても彼らは喧嘩をすることもなく、穏やかに緩やかに時間をかけて信頼関係を築いてきた。

ヘルズ家のそばに着いて、アリスが馬車を降りるとランスロッドは言った。

「君を危険な目にあわせたくない。ピンチの時はすぐに駆けつける。約束するよ」

アリスは彼が絶対に約束を守ることを知っている。だからこそ巻き込みたくないのだ。ランスロッドの乗った馬車が見えない場所まで行くと、アリスはふっと寂しさを覚えた。


アリスは上級使用人になり、初めて丸一日の休みをもらった。

早速ランスロッドが教えてくれた商会に出かける。

入り口にはアメジスト商会という看板がでかでかと掲げられていた。

間口は広く立派で雑貨や布、香辛料などが所狭しと置いてあり、幅広い商品を扱っている大店だ。

店に入りアリスが従業員にランスロッドからの紹介状を見せると、すぐに商会の奥にある従業員専用の部屋に案内された。

大きな商会なのに、従業員専用だという部屋の内部のつくりは意外にも質素だった。だが、よく手入れされていて使いやすそう。そこから堅実な商売をしていることがうかがえる。

アリスを案内してきた従業員が長い廊下を歩いた末、一番奥の部屋のドアをノックした。

「どうぞ」

入室を促す穏やかな声が聞こえた。従業員がドアを開けるとアリスが想像していたより若い男性がいた。

黒っぽい髪に焦げ茶色の瞳、顔立ちは整っているがこれといって特徴がなく没個性。アリスの男性版みたいな人物が、奥にある頑丈そうなオーク材の執務机の前に腰かけていた。

「おやおや、誰の使いで来たんだい？　お嬢ちゃん」

それがアリスに対する彼の第一声だった。いきなりなめられたようだ。アリスにはよくあることなので、いちいち彼女がむきになることはなかった。

「それが、旦那。とあるお方の紹介状を持っていまして」

「おや、そうだったの？」

『旦那』と呼ばれた男は、物腰は柔らかいがほんのりとうさんくささが漂っている。アリスが彼に紹介状を渡すと、驚いたような顔をして席を立つ。

「これは失礼しました。私の名前はハリー・メイヤーと申します。この商会では調査を担当しております」

彼は丁寧に頭を下げた。ハリーの対応を見て、ランスロッドとのつながりは深いようだとアリスは察する。ランスロッドがこの国で本業以外にどのような仕事に手を染めているのか、ちょっと気になるところだ。

「私は、ヘルズ家でメイドをしております。アリスと申します」

アリスが名乗ると、彼は値踏みするような目で彼女を見る。

「大変失礼ですが、いくら紹介状がございましても調査には金がかかります。もちろん、我が商会の大切なお方からのご紹介なので、お値段は勉強させていただきますが」

ハリーは感情のうかがえない愛想笑いを浮かべる。

「ああ、お代ね。手持ちがないので、お金ではなく、物でもいいかしら」

「もちろん」

うなずく相手を前にアリスはひっつめ髪の中から、器用に一粒のダイヤを取り出した。

それを机に置くと、ハリーの目の色が変わる。「失礼」と言って彼は手袋をするとすぐにレンズ越しに宝石の鑑定を始めた。

「お嬢さん、うちが引き受けるのは身上調査ですよ。これは高価すぎる」

ダイヤを光にかざし、ハリーが渋い表情で問う。商人の本能だろうか、アリスが厄介ごとを持ってきたと察したようだ。

「良心的なのですね。でも、今回の調査はそれが妥当だと思います。それでお引き受けいただけるのですか？」

「まずは内容を聞いてから」

愛想よく答えるハリーに、アリスは首を振る。

「それはできません。お聞かせした場合は、絶対に引き受けていただきます」

アリスはもう一粒、ダイヤを机に置いた。ハリーがそれを見て、ごくりと唾をのむ。

「お嬢さん、いったい何者なんだ？」

どうやら下町育ちというハリーの地金が出たようだ。

「で、引き受けてくださるの？　くださらないの？　調査をする前に私の身辺調査をするのはなしでお願いします。時間の無駄ですから。私は急いでいます。ここがダメなら、ほかを当たるまでの話です」

アリスはぴしりと言うと、ハリーに目を据える。

「ははは、なんだか肝が据わっていて、怖いお人のようだな」

笑ってはいるが、ハリーの目に油断はない。

「大丈夫。ダイヤは盗品ではありませんし、もし盗品だったとしてもそのカットはよくあるものだから足はつかないでしょ？」

ハリーは降参したように両手を上げ、手のひらを見せる。

「承知しました。お引き受けいたします。ただし、王宮の中心部まで探るというのはさすがに無理ですよ」

おどけたように言った。

「そちらは問題ありません。早速ですが、ゲイリー・ヘルズ公爵閣下の身辺調査をお願いします。そうそう閣下は夜間も外出することが多々あるので、終日よろしくお願いしますね」

アリスがにっこり笑うとハリーの顔が引きつった。

「あなたについては、何も知らない方がよさそうだ。では契約成立ということで」

その後の商談はお茶を飲みながら、和やかに進んでいった。もちろん、アリスの思惑通りに。無事に契約書を取り交わす。早速今日から調査が開始され、まずは一週間後に街のカフェで落ち合い一回目の報告を聞くことになった。

ヘルズ家の上級メイドとしての仕事は順調だ。アリスの仕事は外に使いに出るより、徐々に屋敷での書類仕事が多くなっていった。自由時間は減ったが、その代わり執務室への出入りが許されるようになった。これはアリスにとっては喜ばしいことだ。

「不思議だね。お前は、下級メイドで応募してきたのにずいぶんと数字に明るいようだ」

グレゴリーが疑り深い口調で言う。猜疑心が強い男のようだ。

「前の職場が小さなお屋敷で、いろいろと任されていたので通り一遍のことはできますが、あまり複雑な仕事を任せないでくださいね。きちんと教育を受けたわけではないので」

「そういえば、コノートでは下級メイドと上級メイドの差はほとんどなく、識字率も高いと聞いたことがある」

興味深そうに、グレゴリーが聞いてくる。

「お褒めにあずかり、恐縮です」

「それで、どうしてお前はこの国に来たんだ？」

グレゴリーの目が鋭く光る。アリスを面接したのはジェーンだ。たかだか下級メイドの採用にいちいち主人や秘書は関わらない。

「仕えていた家が没落したからです。私はもとより孤児ですし、身軽なので外国を見てみようと思ったのです」

「じゃあ、お前はここで天職を見つけたわけだ。ここまで出世するメイドは初めてだよ」

アリスは執務室の右奥にある続き部屋に目を向ける。

「ありがとうございます。なにぶん田舎者なもので、ここのお屋敷は大きくてびっくりしています。執務室の奥に寝室までついているのですね。こういうお屋敷は初めて見ました」

アリスが物を知らないように振る舞うと、グレゴリーの目に嘲りの色が走り、鼻で笑う。

「あれは寝室などではないよ。続き部屋でここと同じく書類部屋だ。いずれはお前に任せる仕事も出るだろう。それもお前の働き次第だがな。あの部屋で仕事ができるようになれば、給金も今よりずいぶん上がるだろう」

グレゴリーがアリスに意味ありげな笑みを向ける。

（なるほどね。あの続き部屋が秘密の書類置き場ってわけか……。癪だけれど、こいつに利

用される手もありってことね）

今すぐに続き部屋に飛び込み、書類を探りたいという衝動とアリスは戦った。彼女は早く、セーラのシグネットリングの秘密を知りたかった。

復讐を遂行する決心を固めているアリスだが、彼女には婚約者もいて故郷に家族もいる。つまりタイムリミットがあり、そうそう時間をかけてはいられないのだ。

そして、何より時間がかかればかかるほど、セーラが苦しむことになる。セーラのためにも早く真実を暴き、彼女の無罪を証明したい。アリスは深呼吸をして、はやりそうになる心を静めた。

ここで焦ったら今までの努力がすべて水の泡だ。


その日の午後、執務室での書類仕事を終えたアリスはジェーンに呼び出された。

メイド長だけあってジェーンの私室は、ティーテーブルのある広めの個室だったが、彼女自身飾り立てるのが好きではないのか、はたまた給金が安いのか質素な印象を受けた。

アリスは促されるまま、椅子に腰かける。

遠慮したのに、ジェーンが紅茶の準備をしてくれた。いったいどういうつもりなのかとアリスは訝しむ。

「広いのですね。メイド長の部屋って」

すっきりと片づいた部屋を見てアリスが、そんな感想を漏らす。

「もうじき、あなたの部屋になるかもしれないわね」

アリスはぎょっとした。

「え？　お屋敷をやめるのですか？」

「いいえ、あなたが出世するってことよ」

ジェーンの言葉に彼女は静かに首を振る。

「私には無理です。管理するには、このお屋敷は広すぎます」

「謙虚なのね。で、使用人の休み時間は限られているから、はっきり言うけれど。アリス、秘書の仕事を手伝うのは感心しないわね」

「それは……どういった意味でしょう？」

困惑した表情でアリスは尋ねる。彼女は以前、屋敷で書類仕事をするのが出世への近道だとアリスに言っていたからだ。

「わかっているわ。命令だから逆らえないというのでしょ？」

「ええ、そうですね」

アリスはジェーンの意図することがわからなくて曖昧にうなずく。

「私はこの屋敷に来て六年になる。以前、あなたのように数字に強い上級メイドや秘書見習いがいたのよ。でもね、彼らはいずれも秘書の仕事を手伝い始めた後に行方知れずになったり、屋敷の金を横領した罪で獄に送られたりしたわ。あなたにはそうならないでほしいと思っただけ」

予想していたよりひどい話に驚いたが、アリスは努めて冷静に聞く。

「どういうことですか？　私もそうなるということですか？」

「その可能性はあるかもしれない。不正がバレると身分の低い者のせいにするのか、もしくは、逆らえない者にあえて罪を犯させるのか。今までもそうやってきたのではないかと思えるの。まあ、トカゲのしっぽ切りというところでしょうね。この屋敷では見ない、聞かない、関わらないが一番よ」

アリスは、とんでもない話をあっさりするジェーンを唖然として見た。聡いセーラはこの屋敷の不正に気づいて、正義感からゲイリーを糾弾し追い出されたのかもしれない。

「そんなことを私に話して大丈夫なのですか？」

アリスは、ジェーンの身が心配になった。きっと彼女には大きな後ろ盾などないのだろう。

「上級使用人たちは皆戦々恐々としているの。ここの執事なんて存在感ないでしょ？　もちろん、それを表立って口にする者はいないけれど」

「それならば、どうしてそんな危険な話をするのです」

いつも厳しい顔つきのジェーンがふと表情を和ませる。

「下級メイドたちの仕事効率が上がったわ。アリスのおかげね。私はメイド長でありながら、彼女たちの待遇を見て見ぬふりをしてきた。だから、心配なの。でも私はあなたを助けてあげられない。私にできるのは忠告だけだから。アリス、馬鹿におなりなさい」

真剣な表情でジェーンが言う。使用人と主人のはざまで彼女も苦しんできたのだと感じた。

アリスはそこで話題を変える。

「あの、ご主人様には以前婚約者がいたというお話ですが、いったいどなたがお世話していたのです？」

今ならジェーンも話してくれる気がしたので、アリスは思いきって尋ねてみた。

「前任のメイド長よ。でもセーラ様が国に帰された時、そのメイド長も屋敷から姿を消した。行方はわからないし、何があったのかも知らない。ただ、セーラ様は臆することなくご主人様に意見をするから、執事も含め上級使用人たちは皆恐れていたわ。秘書と言い争うこともしばしばだった」

まるで胸のつかえを取るように、勢いづいて話すジェーンにアリスが口を挟む余地はなく、ただただ耳を傾ける。

「隣国出身で身分も高い方だったし、ほとんど私たちとは接点がなかったの。人となりはよくわからないけれど、気丈で頭がいいというか、頭がよすぎたのではないかと思っているわ。もちろん私の勝手な憶測だけれど」

ジェーンは正しい、セーラはそういう人なのだ。ふとアリスは涙ぐみそうになる。

「どこのお屋敷にも触れてはいけないタブーというものがあるものでしょう？　あの方はそれに触れてしまったのではないかしら」

ひと息にジェーンは話し終えるとふうっと疲れたように息をついた。彼女もこの屋敷で生き残るために気苦労が絶えないのだ。

確かにどこの家にもタブーはある。もちろんアリスの実家であるレイン家にも。

「その、貴族の元ご婚約者の方に故国からお手紙が届いていたりとか、文書のやり取りなどがあったりはしなかったのですか？」

不審に思われるのを覚悟でアリスは質問した。

「ああ、それは前任のメイド長がご主人様の命令で、密かに受け取って、下男に焼き捨てるよう指示を出していたらしいわ。これも噂だけれど」

これでセーラを孤独にして、追いつめたのはゲイリーだとはっきりした。

約束の一週間が過ぎ、待ちに待った日がやってきた。アリスは街のカフェでハリーから情報を受け取った。

仔細に報告書に目を通すが、目新しいものはまったくなく、ほんの少し落胆した。ゲイリーはやることに抜かりがなく、隙もない。

そのうえゲイリーは、セーラにはひどい婚約者であったが、篤志家というのは本当でたまに孤児院を訪れては多額の寄付をしている。

　ちなみにそのほかは王宮で仕事をして、時おり夜の街へ出て高級娼館で遊ぶ生活。特に素行不良というわけでもなく、よくも悪くもこの国の平均的な貴族という結果だった。

「この国では高級娼館で遊ぶのが一般的な貴族なのですか？」

　アリスが眉根を寄せる。

「まあ、貴族の旦那には娼館遊びをする人はいますね。割合的には半数以下ですが。で、これで調査は終わりですか？」

　あっけらかんとハリーが言うのを見て、アリスは彼をにらみつけた。

「そんなわけないでしょう？　今のは知っていることばかりだわ。それより孤児院はずいぶん治安の悪い地域にあるのですね。今度は閣下がよく訪れる孤児院の内情を調べてください」

「なるほど、料金分の仕事をしろってことですね。この孤児院、場所からしてきなくさい気はしますが、こちらも信用で成り立っている仕事なのでおまかせください」

　アリスはハリーの言葉にうなずいた。それを潮に二人の短い会合は終わる。


　その二日後、ハリーから、緊急の一報が届いた。孤児院を隠れ蓑として、ゲイリーが人身売買をしているというのだ。

　まさに急展開だ。セーラと共にさらわれた過去を思い出し、アリスの怒りは増した。

（孤児の人身売買など許せない。子供たちがどれほど恐ろしい思いをしているのか……）

アリスはいてもたってもいられなくて、ジェーンに頼み込んで急遽休憩時間をもらい。辻馬車をとばして、直接商会へ向かう。

「証拠は押さえたのですか？」

一直線にハリーのいる執務室に向かってくるアリスに、驚いたように彼は椅子から腰を浮かせる。

「滅相もない。公爵家の旦那がやることですよ？　下手したらこっちに飛び火する」

ハリーはとんでもないというように首を振った。

「現場を押さえて、憲兵に引き渡さなければならないってわけね」

「私はお嬢さんが何者かは知らないが、若い娘が手を出すには危険すぎると思います。それに問題はその憲兵で、彼らの中には公爵の息のかかった者もいるってことですよ」

「なんですって！　そんなところとも癒着しているなんて、とんでもない悪人じゃない」

アリスは頬を紅潮させ、いきり立つ。

「何度も言います。あなたが何者か知る気は毛頭ないが、憲兵たちに公爵より多くの賄賂を払って味方につけられますか？　方法はそれしかないですよ」

ハリーがガシガシと頭をかきながら言う。すっかり、育ちの悪さが丸出しになっている。

「冗談でしょ？　お金で悪事に加担する奴らも同罪よ」

断定口調のアリスに、ハリーが笑いだす。

「なぜ、笑うのかしら」

不満げなアリスを見て彼は目を細めた。

「正義感の強いお嬢さんだなと思ってね。関わりたくないのはやまやまですが、私と仲間も多少なりとも手を貸しましょう。ただし危なくなれば、私らは逃げるのであしからず」

彼が協力的なことに驚いた。ランスロッドの紹介状がよかったのだろうか。

「どうして手を貸してくれるの？　それも料金分に含まれているのかしら」

「まあ、本来なら、返金してでも手伝うべきではない事案ですが、私も私の部下もあの地域の出身でね。見て見ぬふりはできないってところですか」

ハリーはぽりぽりと顎をかく。どうやら彼なりの道義心から、動いてくれるようだ。


一週間後、王都の雑踏の中でハリーと接触した時、より具体的な事実を知らされた。

違法なオークションの一環として人身売買が行われるという。会場は孤児院の近くに建つ、廃墟になった神殿跡地だ。

「明日の深夜です。お嬢さんには少し外出は難しいでしょう」

メイドであるアリスに夜間の外出は厳しいが、抜け道がないでもない。くしくも、アリスが危機に陥った際の逃げ道として、ランスロッドが用意してくれたもので、心苦しい限りではあるが使わない手はない。

「それで、あなた方は明日の夜もヘルズの外出先を見張ってくれるのでしょう？」

「もちろん、うちで追跡してご報告します。二手に分かれて、人身売買が行われるオークションの方も監視しましょう」

「えーっと、その日に馬車を数台用意してくれないかしら？」

アリスの提案にハリーがぎょっとする。

「は？　深夜に馬車ですか？　まさか……とは思いますが、現場に踏み込む気でいるとかじゃないですよね？」

彼が引きつった笑みを浮かべる。

「私は、そこまで勇敢ではないわ」

疑り深いそうな目でハリーがアリスを見る。

「ははは、だといいんですが……。本当にやばくなったら、私らは逃げますからね？」

念押しのようにハリーが口にした。

「ええ、もちろんよ。ただし、役目は果たしてもらうけれど」

ハリーを見上げると、アリスはにっこりと笑みを浮かべた。

その後、アリスはハリーの役目について懇切丁寧に説明したのであった。

その日の夕刻、アリスは家に帰ると、裏庭で作業をしている背筋のすっと伸びたガタイのよい男を見つけた。彼は二週間ほど前にヘルズ家に雇われたという下男だ。

「あなたがベンね。私はアリス」

裏庭でまきを割っているベンに声をかけると彼は驚いたような顔をして、次に深く腰を折り、頭を下げる。

「ちょ、ちょっと待って、すぐ顔を上げて！　あなたがそんなことをしたら、私の身元がバレてしまうわ」

アリスは小声で注意する。彼は恐らくランスロッドの護衛の一人だろう。下男にしては精悍な雰囲気を漂わせている。ランスロッドの気持ちはありがたいが、もう少し下男っぽい人材はいなかったのだろうかと思う。彼のことだから、見かけよりも護衛としての優秀さで選んだのかもしれない。

「はっ！　申し訳ございません」

「だから、その口調。もっと粗野で、くだけた感じでお願いします」

「そんなことをすれば、私が叱られてしまいます」

ベンは困ったような顔をする。いや、本名は『ベン』ではないと思うが。

アリスは時間を無駄にしたくなかったので、彼の説得はあきらめた。

「それよりも明日の深夜、下町の孤児院のそばにある神殿跡地に行きたいのだけれど」

「はい？」

ベンは大きく目を見張る。

「ランスから、私に危険なことはさせないように命令を受けているのね。でも大丈夫。無理はしないし、私はこれでも逃げ足が速いのよ？　それにその道のプロの人たちにお願いしているの。もちろんそれもランスから紹介された方々よ」

「いや、しかし、それは……」

ベンが困ったように眉尻を下げる。彼は散々渋ったものの、結局アリスの説得により、不承不承折れてくれた。


アリスは深夜、闇に溶け込む暗色の粗末な外套を着込み、ベンの手引きでゲイリーの私兵が守る屋敷を無事脱出した。

ハリーの準備してくれた馬車で、下町の孤児院に向かう。

馬車に乗っている間、アリスは考え続けた。なぜ、セーラがあれほど怯えていたのかを。

（いったいお嬢様は何に怯えていたの。知ってしまった恐ろしい事実？　子供たちの人身売買の秘密を知っていた？　お嬢様は過去に誘拐されたことを思い出し、精神的なダメージを負ったのかもしれない。だとすると、なぜ、無事に戻れたのだろう）

普通なら、フランネル家のような高位貴族の娘を暗殺するなど考えられないが、ゲイリーはセーラが階段から落ちても、医者に診せることすらしなかった冷酷な人間だ。そんな彼がセーラを監禁することなく本国に帰したのだ。

そこまで、考えを巡らしてアリスはハッとする。

（もしかして、裕福なフランネル家からの賠償金や慰謝料が目当てなのかも？）

そう考えると、セーラの冤罪は晴れているのにゲイリーが沈黙したままでいることにも納得ができる。しかし、これはすべてアリスの推測に過ぎない。何よりもシグネットリングの謎が解けていないのだ。シグネットリングは何かの証拠なのではないかと思えてならない。

その時、馬車は目的地に到着した。アリスは尾行を警戒し、神殿跡地の手前にある下町で降りる。

深夜の下町は酔漢が多く、飲み屋は一晩中開いているようだ。アリスは顔を覆い隠すフードをかぶり、ゲイリーが人身売買の会場としている神殿跡地へと急いだ。

「本当に来たんですね」

馬車を用意してくれたくせに、驚いたようにハリーが言う。

「もちろんです」

廃墟のような神殿跡地は人気もなく静寂に包まれていた。彼らは自然と小声で話す。

「売買の時間には早いが、ちょっくら部下に会場の様子を探らせます。どんな客がいるか、お嬢さんも知りたいでしょう」

「ありがとう。それでは私は孤児たちが捕われているという神殿跡地の地下に向かいます」

「はい？　お嬢さんが自ら？　ここに来るのだって危険だっていうのに」

ハリーが呆気にとられた顔をする。

「見学に来たわけではありませんから。子供たちが売られてしまう前に逃がしましょう」

それについてはハリーと段取りがついている。

「まあ、しばらくガキどもは預かりますが、うちも託児所ではないんでね」

「ええ、わかっているわ。とりあえずは子供たちを助けましょう。そもそもなぜ、あなたは孤児院を通して人身売買が行われていると短期間で気づいたのです？」

アリスにはそこが疑問だった。

「ガキが……。いえ、子供たちがずいぶん綺麗なんですよ。普通こんな下町の孤児院のガキがそんな綺麗なわけがないんです。もちろん清潔って意味もあります。少々『やせすぎ』ではありますが、見目だけは全員整っていて金髪や碧眼が多い。いかにも金持ちが好みそうな容姿だ。人身売買を疑わない方がおかしいです」

なるほど、ランスロッドの紹介通り、彼はこのあたりの裏事情にかなり詳しい。

「栄養状態はそれほどよくないのに、綺麗な子ばかりが集められているというわけですか。では無駄話はここまで。子供たちを逃がしに行きましょう」

アリスが決然と言う。いよいよ神殿跡地への潜入が始まった。

ハリーと部下、アリスを含め四人は裏口から忍び込む。外には見張りが二人いた。

「意外と警戒はしていないのですね」

アリスはガランとした神殿跡地にそんな感想をいだいた。

「そりゃあそうだ。こんな危険な場所に深夜忍び込む奴なんていませんドアが頑丈につくられて、きっちり施錠されているのは金の集まる競売場くらいのものですよ」

裏口にある階段から、地下へ下りていくと、ハリーの部下が手慣れた様子で見張りの男を昏倒させる。さらに別の男が細い棒状の道具をいくつか使い、鍵のかかった戸を難なく開錠した。

つくづくランスロッドはとんでもない人脈を持っているなと、アリスは実感した。

(ランスったら、危険なことに手を出していないでしょうね?)

アリスは自分の行為を棚に上げ、婚約者が少し心配になる。しっかりしているとはいえ、ハリーのようなやり手に比べればまだまだ若い。

暗くじめついた廊下に入った一行は、手燭(てしょく)の小さな明かりでカビくさい廊下を進む。その先に微かに子供のすすり泣く声が聞こえてきた。それを聞いたアリスはいたたまれなくなる。

だが、そのおかげで子供たちが閉じ込められた部屋はあっさりと見つかった。ドアを開けるとまだ小さい子供たちが十人ほど閉じ込められている。ハリーたちの姿を見て奴隷商人が来たと思ったらしく、皆、泣きながら怯えた。しかしアリスが前に出て逃がしてあげると言い彼らの不安を取り除くとすぐに静まった。

そこからは段取り通りに、外に待機した馬車に子供たちを順次逃がしていく。

最後のひとりを逃がしたところで、長く暗い廊下の奥から誰何する声があがった。

「誰だ！」

アリスとハリーは顔を見合わせると出口に向かって一目散に駆け出した。

「待て！　てめえら何者だ！」

「ガキが逃げ出した！」

「賊が侵入したぞ！　ガキを奪っていきやがった」

どっちが賊だと突っ込みたいのを堪えて、アリスは全速力で走る。もちろん、アリスの足の速さはハリーと変わらない。彼らの足を引っ張るようなことはいっさいなかった。

アリスは最後の子供が馬車に乗ったところを見届けると、馬車を出すように御者に告げた。

馬車は猛スピードで夜の街を疾走していく。

すると、それとは別に家紋のついていない立派な馬車が何台か神殿跡地の別の出入り口から飛び出し、あっという間に夜の街に散っていった。今日のオークションに集まった金持ちたちのものだろう。

あの中にはきっとゲイリーを乗せた馬車もあるはず。アリスは取り押さえられなくて悔しかった。だが、子供を逃がすことを優先させた。セーラだって、きっとそうしたことだろう。

弱い者は守らなくてはならない。それがギフトを得て、貴族として育った自分の務めだとアリスは思っている。

「嘘だろ？　お嬢さん、なんであんたあの馬車に乗らなかった？」

夜更けの街に消えていく馬車を眺めてアリスがたたずんでいると、背後で声がした。振り返ると、そこにはハリーを含めた仲間三人の男たちが残っている。

「あなた方こそ、危なくなったら逃げるのではなかったの？　ここで足止めをしなければ、子供たちが奴らに捕まるからいるのでしょう？」

彼らは驚いたように目を見開いてアリスを見る。

「奴らの馬車は壊しておいた。予備があるのかは知らないが、だがお嬢さんは」

ハリーがアリスを非難するような口調で言うが、その茶色の瞳には心配が見て取れた。

「私の心配は無用よ。多少腕に覚えはあるから。無駄話はおしまい。奴らが、来たわよ」

アリスの言葉に全員が臨戦態勢にはいる。

「お嬢さん、あんた、武器は？」

ハリーの問いは、孤児院の裏口から飛び出してきた十数人のごろつきたちの雄叫びで、かき消された。

「私が、囮（おとり）になるわ！　もし私が捕まるようなことがあったら、あなた方は撤退して！」

アリスの声はよく通り、響き渡った。

彼女はとりあえず勢いよく飛び出してきた大柄な男の足を引っかけて転ばせ、手首を軽くひねり、剣を奪い取る。諸刃の剣で刃先に鋭さはなく、切るというより殴打が目的のようだ。アリスには重い武器だったが、振り回すのに問題はない。

敵が倒しやすそうなアリスに向かってくるのはわかっている。剣を薙（な）ぐように振り回す。一人、二人と腹や足に剣を打ち込み、確実に立ち上がれないように沈めていく。しかし、五人目を地に伏させると、さすがに息が上がった。

剣が重すぎて彼女の最大の武器である速さと身軽さを生かすことができない。軽い剣でもあればと思う。

「危ない！」

ハリーの声にアリスは自身の後ろを取られたことに気づいた。反応が少し遅れる。これまでかと思ったところで、背後で敵が突然崩れ落ち、アリスは振り返った。

彼女の視線の先に剣を構えたランスロッドが立っている。

「ランス……」

驚きのあまりアリスは言葉を詰まらせてしまう。

「ピンチの時は駆けつけるって言ったでしょ？」

彼はアリスに答えながらまた一人、片手で剣を薙ぎ葬っていく。驚いたことに普段穏やかなランスロッドの剣には容赦も迷いもない。アリスのように手心を加えることなく、倒していく。

最後の一人を倒した瞬間、アリスの前にランスロッドが片膝をつく。その後ろにはベンが控えていた。彼がランスロッドを呼びに行ったのだろう。

「君が無事で本当によかった」

彼は青い瞳で切なげにアリスを見上げると、優しく労わるように彼女の手を取る。その姿にアリスは心を打たれた。

「ごめんなさい。また、あなたに心配をかけてしまったわね。私、少し頭に血が上っていたみたい」

「大丈夫。君のことはよくわかっているつもりだ。子供たちがひどい目にあっているのに冷静でいられる方がどうかしている」

そう言って立ち上がるランスロッドは、これまでになく堂々として見えた。彼の剣技は明らかにアリスより数段上で洗練されていた。何より、敵を倒す時の迷いのなさに驚きを禁じえない。剣技には使い手の性格が出る。一見して優男に見えるランスロッドだが、果断な一面を初めて見た気がした。きっとアリスの知らないところで、彼は平たんではない道を歩んできたのだろう。そこにはたくましく頼もしい彼がいた。

「ただ、もうちょっと頼ってほしかったな」

ランスロッドは柔らかく微笑んだ。

「もちろん、あなたを頼りにしているわ。現に今夜屋敷から抜け出すのをベンに助けてもらったし」

アリスの言葉にランスロッドは立ち上がり、ベンに鋭い視線を向けると彼が平身低頭していた。アリスは焦る。

「違うわ。ベンは止めたのよ。それなのに私が強引にお願いしたの」

するとランスロッドが一歩アリスの前に出てくる。

「どうして、アリスがベンをかばうの？」

その声には責めるような色合いがあり、そんなことは初めてで、アリスは一瞬たじろいだ。

「えっと、かばっているわけではないわ。事実を言ったまでよ」

ランスロッドがふっと息をつく。

「ここに長居はできないね。とりあえず場所を移動して話そうか」

彼の判断は正しい。アリスはハリーたちと別れて、ランスロッドに促されるままに下町のうらぶれた宿屋に移動した。


二人は古い宿屋の一室で、紅茶を前に膝を突き合わせて話し合う。

「私はヘルズ公爵をどうしても許せない。お嬢様はこのことを知ってしまったのかもしれないわ。それとも疑いを持ってヘルズに問い質(ただ)したのか、あるいは告発しようとしたのか……」

「俺は、あのシグネットリングは人身売買と関係がある気がする。ヘルズは違法な方法で裏金を得ているんだろうね」

アリスの中でふつふつと悔しさがよみがえる。

「つまり裏取り引きに使われた物ってことよね。お嬢様は階段から突き落とされて、ケガをして帰ってきたの。そのうえ、ドレスや宝飾品まで奪われて、ヘルズ家の家宝を盗んだという冤罪まで着せられて。だから、私は明朝に役所に申し立てようと思う。今回、逃がした孤児たちの今後のこともあるし。何より、二度と人身売買など行われないように。当然この国でも禁止されて重刑が科されるでしょ？」

「確かにその通りだが。アリス、それは早計だ」

「どうしてよ。あなたも見ていたでしょう？　あなたの証言があれば、きっとどうにかなるはずよ」

アリスは気ばかりが焦り、前のめりになる。弱い立場の子供の人身売買など見過ごせない。きっとここでつぶさなければ次の被害者が出るはずだ。

「それはできないよ。アリス」

きっぱりとした口調でランスロッドが言う。

「なぜ？　孤児たちもお嬢様も一刻も早く、救済されるべきだわ！　今すぐヘルズ公爵を訴えてやる！」

アリスはテーブルに手をついて立ち上がり、怒りに震える。

「アリス」

ランスロッドの低く落ち着いた声に、アリスはハッとなる。別に彼は怒鳴ったわけでも大声をあげたわけでもない。それなのに、アリスの肩の力がふっと抜けていく。

「落ち着いて。そこへ座って」

ランスロッドの口元には、アリスをいたわるような笑みが浮かんでいる。彼女は一度深呼吸をした。

「ええ、そうね……。私ったら、また頭に血が上っていたみたい」

アリスはすとんと腰を下ろし、額に手を当てる。

「君の言っていることはよくわかっている。だから、今回保護した子供たちは、しばらく俺が支援している孤児院に預けようと思う。だが、今訴え出ようとするのは勇み足だ。今回の手口からして、ヘルズ公爵は人身売買の常習者だ。何度も同じ手段を用いているのだろう。それにもかかわらず今まで捕まることはなかった。恐らく、この段階で訴え出たとしても、捕まるのは孤児院の職員や下っ端だけだろう」

理路整然と話すランスロッドの言葉を聞いているうちに、アリスは冷静さを取り戻していった。

「そうよね。元を断たなければなんの解決にもならない」

「うん、行動を起こすのはもう少し機が熟してからにしよう」

アリスはランスロッドの言葉にうなずいた。今は冷静に機会をうかがうべきだ。アリスはゲイリーの悪事の証拠をつかむために屋敷に潜入したのだから。証拠がなければ彼を裁けないことはわかっている。今怒りのままに突っ走るわけにはいかない。これでは本末転倒だ。

「そういえば、ヘルズ公爵の秘書見習いや秘書の仕事を手伝っていた者たちが、行方不明になっていたり、賄賂で捕まって牢屋につながれたりしているという話を聞いたわ」

「トカゲのしっぽ切りか。君はその情報を誰から手に入れた？」

慎重なランスロッドらしい質問だ。

「メイド長よ」

「元男爵家のジェーン・ホフマンか」

「なぜメイド長の名前なんて知っているの？」

アリスはランスロッドを上目遣いで見る。

「ベンから情報は入っている。君は彼女から気に入られているのだな。だが、あまり肩入れはするなよ。勤続年数の長い者ほど危険だし、自分の身を守るためにはなんでもするだろう。こちらで裏取りをしておく」

「やっぱりね。屋敷での私の動きを見張らせるためにベンを入れたんでしょ？」

途端にランスロッドが面目なさそうな顔をする。

「そんなつもりはないんだ。アリスは頭がよくて、機転も利くし、腕に覚えがあるのもわかっている。ただ心配なんだ」

今までの落ち着いていて自信に満ちた態度とは一変して、ランスロッドは困ったような視線を向ける。アリスはこういうランスロッドに弱い。

「いいわよ。そんなふうに言ってくれなくて。ランスが剣技も私よりずっと上だってこと、さっきの乱闘でわかったわ」

「アリス、俺はそんなつもりはないよ」

ランスロッドが戸惑ったような表情を浮かべる。つかの間、年相応に見える彼に少しほっとした。

「ねえ、ランス。そんなことより、なぜヘルズ公爵が人身売買をしていたのか。その金を何に使っているのか気にならない？　書類仕事を手伝うようになったけれど、ものすごい資産家よ。恐らく私に見えているヘルズ家の財産は表面的なもので、実際にもっとあるのではないかしら」

アリスは執務室にある続き部屋を思い浮かべながら言った。彼女はいまだにあの部屋へ入室できないでいた。

「ああ、それはわかっている。だから手に負えないんだ。この国の王族でさえもね」

ランスロッドがうなずく。

「あのシグネットリングにある刻印が使われている書類さえ見つかれば……」

ランスロッドはアリスの言葉にうなずいた。

「そういえば、さっき書類仕事が増えたなんて言っていたけれど。まさか屋敷の中で秘書の手伝いなんてしていないよね？」

そこまではベンも調べがつかなかったようだ。下男の彼は仕事のうえでアリスとの接点はないので、業務内容までは探りようがないのだろう。

「今まさに秘書の手伝いをしているわ。どうも執務室にある続き部屋に秘密がありそうなのよ。でもヘルズと秘書のグレゴリーしか入れないの」

アリスが言うと同時にランスロッドは盛大なため息をつき、こめかみに指を押し当てる。

「アリス。もう君を止めたりしないから、好きなようにやるといい。ただし、今度暴れたくなったら、すぐに連絡して。駆けつけるから」

なんとも頼もしい婚約者だ。

「なるべく穏便な道を選ぶつもり。これ以上ランスの仕事に支障をきたしたくないわ。それより、ベンを屋敷に置いて平気なの？　私のせいで、あなたもベンも危険な立場に追いやられるかもしれない」

アリスの危機に駆けつけてきてくれたのはありがたいが、ランスロッドのこの国での立場が心配だ。

「そんな心配は無用だよ。俺は君のお嬢様への愛情はわかっているつもりだ。大切な人が傷つけられたら、怒って当然だ。それに今の俺は昔みたいに危うい立場にはいないよ」

自信に満ちた表情で彼が言う。

「それならばいいのだけれど」

自分の復讐のためにランスロッドを巻き込むのは本意ではないが、彼はすでに巻き込まれている。

最初はランスロッドにメイドの紹介状を用意してもらうだけのつもりだった。それなのに今では彼の存在を心強く感じるようになってきている。

だから、もししくじるようなことがあっても、ランスロッドに迷惑をかけたくない。アリスは自身の思いを確認すると、すべての責任を自分一人でかぶることを決意した。

とにかく今、何より大切なのは失敗しないこと。そのためには万全な準備が必要だ。

「ランス。もうひとつあなたにお願いしたいことがあるのだけど」

アリスの言葉に、ランスロッドはほっとしたように微笑む。

「なんでも頼って。逆にその方が安心できる」

「大きな物音を立てた時、消音できる魔導具ってあるかしら？」

ランスロッドの笑顔もつかの間、凍りついた。それから、あきらめたように表情を緩ませる。

「わかった。ベンを通して渡す。それから、いざという時に逃げ込みやすい宿屋とルートをもう一度ピックアップし直してきた。複数あった方がいいと思ってね。これを頭に叩き込んでくれ。アリスなら臨機応変に対処できるはずだ。俺はアリスを信じているよ」

ランスロッドはいつか見せてくれた下町の地図を広げる。アリスは彼が比較的安全だというルートをいくつか頭に叩き込んだ。

「ありがとう。必ずヘルズ公爵のしっぽを押さえるわ」

「アリス、俺は君に感謝している。だが、本来はこの国の人間が始末をつけるべき問題だ。いくら強いといっても、絶対に無理はしないでほしい。これ以上君を危ない目にあわせたくないんだ。少しでも困ったら、あとは俺たちに任せてくれないか。それに君にもタイムリミットがあるだろうし、あまり長くこの国にいるわけにもいかないだろう」

ランスロッドがまっすぐにアリスを見る。

「ランス、私はただお嬢様のあだを討ちに来ただけ」

アリスは口元をほころばせた。ランスロッドはおかしなところで律儀だ。

「ああ、そうだったね……わかった。じゃあアリス、俺からもひとつ君に頼みがある」

「何かしら?」

「もし、追いつめられたとしても、俺がいない時に君のギフトを解放しないと誓ってくれ。必ず助けに行くから」

真摯な瞳でランスロッドが訴える。

「ええ、わかったわ。誓う。その代わり、あなたがいる時は、必要があれば存分に使わせてもらうわよ」

アリスは不敵な笑みを見せた。

二人の間で、『誓い』は絶対だった。

復讐の機会は意外に早く訪れた。

ゲイリーが王宮の夜会へ行くことになったのだ。

いつも執務室に張りついているグレゴリーも一緒に連れていくという。秘書を連れていくということは、夜会でよからぬ取引の相談があるのかもしれない。だが、これを逃す手はないとアリスは思った。

今ではアリスは、ほぼ専属でグレゴリーの手伝いをしている。ヘルズ家のために働きたくはないが、なるべく仕事をこなした。そのおかげでアリスはほぼ一日、執務室にいる。このところ一人で仕事を任されることも多くなった。

アリスは今まで仕事が増えるたびに、給金の値上げを訴えてきたので、金で動くメイドだとゲイリーやグレゴリーには思われている。

たいていの使用人たちが寝静まった夜更けに、アリスは屋敷からの逃走ルートを反芻（はんすう）しつつ、斧（おの）を片手に執務室を訪れた。

目指すは続き部屋だ。鍵が二重になっていて、主人のゲイリーが常日頃持ち歩いているのだ。悪人ほど用心深いとアリスは思う。

よって、ここへ侵入するにはドアを叩き壊すしかないのだ。

アリスはランスロッドからもらった消音の魔導具をドアに取りつけると、ドアに斧を叩きつけた。斧の扱いは自領で慣れている。難なくドアは破壊された。

しかし、中に入った途端アリスは自分のミスを悟った。破壊されたドアの裏にはちかちかと光る魔導具が装着されていたのだ。恐らく侵入者があれば知らせるものだろう。すぐさま破壊したが、手遅れなことは明白だ。

書類を精査して持ち出す時間がない。アリスは手当たり次第に引き出しを開け、棚をひっくり返し、書類をあさった。二重底になった引き出しを見つけ次第破壊していく。アリスはその中にセーラが持っていたシグネットリングと同じ刻印の封蝋がある手紙を見つけた。

「これだわ！　やっぱりここにあったのね」

そこから先の作業は早かった。封蝋や印の図柄がシグネットリングの刻印と一致し、数字や署名などがある手紙や書類を次から次へとカバンに詰め込んでいった。それらはたいてい二重底の引き出しや隠し戸棚に収められている。

アリスとて貴族の娘、大切なものを貴族がどこへ隠すかくらい見当がつく。

やがて、廊下の奥が騒がしくなってきた。ゲイリーの雇っている私兵たちがやって来たのだ。アリスがドアから飛び出すと、私兵たちは執務室のすぐそこまで迫っていた。

「待て！」

私兵たちの誰何の声が飛ぶ。

「賊ではなく、ここのメイドではないか！」

驚きの声があがる。

「絶対に逃がすな！」

あっという間に深夜の廊下は大騒乱になった。ばたばたとドアの開く音がして、物見高い使用人たちが顔を出す。

「そのメイドを捕まえろ！」

私兵のその言葉を聞いた途端、騒動に巻き込まれたくない者たちは即座に首を引っ込めた。執事などの上級使用人たちにもこの騒ぎが聞こえているはずなのに、誰一人顔を出さない。

アリスはベンとの打ち合わせ通り、狭い使用人通路に逃げ込んだ。

足の速さには自信がある。それにアリスの持つ書類の入ったカバンはそれなりに重いが、防具や剣を身につけた彼らと比べたらずっと身軽だ。私兵たちとの距離はぐんぐん広がる。

その間にアリスは厨房に向かい、勝手口から逃げる算段だ。厨房に入る直前で回り込んできた私兵に捕まりそうになったが、アリスはカバンを振り回し、相手を昏倒させると素早くベンの元へ行き、目で合図を送る。彼は小さくうなずくと、油の入った大樽をひっくり返した。

勢いよく突っ込んできた私兵が次々とすっ転ぶ。ベンは鈍い下男のふりをして、さらに小麦粉をばらまいていた。

アリスが軽々と屋敷の高い塀によじ登る頃、ドンという鈍い音が響いた。思わず屋敷の勝手口を振り返ると、ベンがアリスに向かって手を上げ微笑んでいる。窓ガラスが破壊されているところからして、彼は小麦粉を利用して粉塵爆発を起こしたようだ。辺りは騒然としている。やがて使用人たちがぱらぱらと収集に出てきた。

「ベンったら、やりすぎ。大丈夫かしら？」

しかし、アリスもぐずぐずしている暇はない。せっかくベンがつくってくれたチャンスだ。屋敷は今混乱の渦中にある。アリスはカバンを塀の向こう側に放り投げ、自身も塀からひらりと飛び降りた。

私兵は屋敷の外にもいたがそれは確認済みで、アリスはうまく彼らを避けて、ランスロッドから教えてもらったルートのうちのひとつを選んで逃げ出した。

夜も賑わう酒場に向かうと、ようやく私兵をまくことができた。

アリスは自分の目立たない容姿に感謝する。それからメイド服を脱ぎ捨てると、ズボンとシャツ姿になった。このことは想定済みで最初から下に着込んでいたのだ。アリスはフードを目深にかぶると、酒場の雑踏をすり抜け、宿屋を目指した。

ランスロッドは自分もアリスの元に助けに向かうと言ったが、彼も今夜の王宮の夜会に出席しなければならなかったので、アリスはきっぱりとその申し出を断ったのだ。

宿の一室に入るとアリスは一息つく間もなく、カバンから書類を出し、広げ始めた。怪しそうな書類を手当たり次第にカバンに詰めたので、確固たる証拠として使えるものを探す作業をしなければならない。夜が明ける頃、証拠が出そろってアリスはほっとした。

ここまで完璧な証拠書類を役所に提出すれば、ゲイリーは終わる。役所が始まるまでの数時間アリスは睡眠に充てることにした。

翌朝は雨だった。フードをかぶりダークグレーの外套を羽織ったアリスは、書類の詰まったカバンを手に役所に向かう。

しかし、役所に入ることはかなわなかった。

なぜならヘルズ家に強盗に入った罪でアリスはお尋ね者になっていたからだ。

ご丁寧に賞金までかけられている。捕まれば絞首刑は免れない。だが、ランスロッドが手配した紹介状から、アリスの本当の身元が割れることはないのだ。コノートに帰ってしまえば、なんの危険もなくなる。捕まりさえしなければ、アリスにはなんのリスクもない。

アリスはしとどに雨が降る中、建物の陰に隠れ悪態をついた。

「やってくれたわね。用意周到ってわけか。これで、正規ルートであいつを叩きつぶす方法は絶たれた。もう容赦しないわ。引きずり出して倍返しにしてやる」

ふと後ろに気配を感じ振り返ると、ランスロッドが立っていた。

「やあ、アリス。無事に逃げおおせたようだね」

ほっとしたようにつぶやく。

「約束したでしょ？　無茶はしないって」

ランスロッドが小さく肩をすくめる。

「それについては意見の相違があるから、今回はノーコメントで。そんなことより、とりあえず馬車に乗らないか？」

アリスはランスロッドに連れられて馬車に乗る。馬車は雨の街を走り出した。

「ランス、なんでいつも私の行動を読んでいるの。ピンポイントで都合よく現れるわよね？もちろん、私にとって都合よくだけれど」

アリスは濡れた外套とフードを脱いでひとまとめにしながら、ランスロッドに尋ねた。

「俺の贈ったペンダント、アリスはずっとつけていてくれたんだね」

穏やかに微笑むランスロッドの姿に、ペンダントが魔導具だとアリスは気がついた。

「ええっと、それはつまりこのペンダントが私の居場所を正確にあなたに知らせていたわけ？」

「怒った？」

「いいえ、これのおかげで毎回助かっている」

アリスが情けなさそうな顔をする。彼はずいぶんと先回りが上手だ。アリスは行動のすべてを読まれている気がした。初めからこの件で、アリスが暴走することに気づいていたのだろう。

「そんなことはない。君は俺がいなくてもなんとかできたはずだ。ただ、間に合わないのが嫌だったんだ。すまない」

「間に合わない？　いずれにしても、あなたが謝ることないわ。このペンダント、とても気に入っているから」

笑みを浮かべながら、アメジストのペンダントにそっと触れる。ペンダントがそこにあるだけで安心できた。

アリスは彼に迷惑をかけないようにと思っていたのに、一人で行動していたことでかえって心配と手間暇をかけさせていた。どうしたって彼はアリスを心配するのだ。それならばいっそ、彼の力を借りてしまった方がいい。

「それはそうとあなたの部下は無事？」

「ああ。あそこまで派手にやる必要はなかったんだが、ふふふ、人選を間違えたかな？」

なんとなくランスロッドが怖い笑みを浮かべる。

「まさか、私はスカッとしたわよ！」

アリスはありのままに感想を述べた。ただベンが心配だ。

「彼も同じことを言っていたよ。あそこの下男の扱いはそうとうひどいらしい」

「ふふふ、つぶしがいがあるわね」

「そうだな。ヘルズ公爵はきっと最後まで罪を認めないだろう。ああいう奴は往生際が悪い」

アリスはランスロッドの言葉にうなずく。

「ランスロッド、奥の手を使おうと思う。あなたの力が必要だわ」

「アリスが、そう言うのなら……」

彼の瞳に悲しみの色を見た気がした。

「で、馬車はどこへ向かっているの？」

「俺の所有する屋敷だよ」

「私が行っても迷惑かからない？」

アリスは彼の立場が心配だった。

「大丈夫。別名義で所有しているから」

ランスロッドは穏やかな笑みを浮かべる。

「ずいぶん苦労しているのね」

「そうでもないさ」

彼はなんでもないことのように笑う。その姿がとても大人びて見えて、アリスは切なさを感じた。目の前にいるランスロッドは、もう子供の頃の彼とは違うのだ。きらきらとした柔らかな笑顔の下にはしたたかさを隠し持っている。そうでなければ、彼の立場では生きてこられなかったのだろう。

ふとアリスは今まで彼のために自分は何をしてあげただろうと考える。しかし、答えは何も浮かばない。

ランスロッドはアリスに『頼ってくれ』と言うが、彼女が彼に頼られたことはなかった。

馬車は王都郊外にある広い屋敷に着いた。門からポーチまで結構な道のりがあった。

ランスロッドに手を取られ、屋敷の中へ入っていく。建物の外観は取り立てて目立つところはなかったが、中は違った。大理石の床に採光のために広くとった窓。足元は魔法灯で照らされ、吹き抜けの天井には大きなシャンデリアが吊り下げてある。

「ずいぶん中は豪華なのね」

「ああ、元は外国の貴族の持ち物でね。立地が不便だというから、買い取ったんだ。なかなか趣向が凝らされているし、庭には蓮池もある。天気がいい日は最高だよ。隠れ家として重宝している」

「そう、雨で残念ね」

ぽつりとアリスが言う。

「そうでもないよ。天候にかかわらず、テラスからの眺めはとてもいい。よかったらテラスで休もうか？　それともアリスは少し寝た方がいいかな。疲れたような顔をしているよ」

ランスロッドが心配そうに眉尻を下げる。

「いいわ。一回寝てしまうと目覚めそうにもないから」

「無理はするなよ」

それからアリスはサロンに案内された。絹張のソファの座り心地がよく、ランスロッドと茶を飲み、軽食をつまんだ。それからアリスが持ち出した書類を二人で検討する。

「しかし、君のお嬢様はよくこのシグネットリングを持ち帰ったね」

アリスはうなずいた。

「聡明な方だから、偶然ではないと思うの。でもヘルズ公爵に脅されていて誰にも託せなかったのではないかしら。実際私は指名手配犯になっているし」

彼は困ったような微笑みを浮かべる。

「ふふふ、少しやりすぎたかな」

アリスにその自覚はあった。

「ごめんなさい」

素直に謝ると、ランスロッドはゆるりと首を振る。

「違うよ、アリス。君じゃない、ヘルズ公爵だ。孤児を売って金を設けるなど言語道断。そのうえ、真実を告発しようとしたアリスを指名手配犯にする所業、許せないな」

ふとランスロッドの瞳に今まで見たことがないような冷徹な光が宿るのを見た。最近あまり会っていなかったせいか、アリスの知らない彼のいろいろな一面を見せられて、どうにも落ち着かない。

　アリスは話を先に進めることにした。

「この証拠で、権力者であるヘルズ公爵を裁けるかしら？　あなたが紹介してくれたハリーはいたくヘルズ公爵を恐れていたけれど」

　ランスロッドと話し合っているうちに、これだけの証拠がそろっていても彼を追い込むのは難しいかもしれないと思うようになっていた。

「ああ、この国のパーシヴァル第一王子派閥の一大勢力だからね。しかし、アリスが抜け目なく、ヘルズ家の財産状況まで手に入れてきてくれてよかった。帳簿の動きから、おおよそ彼の目的に見当がついた。しかし、この財力だと役人の買収は可能だ。残念ながら、この国にも癒着という膿はある。もちろんこの証拠だけでも、時間をかければ追い込めるかもしれないが、君の考えは？」

　アリスをチラリと見る。

「それではお嬢様の心が持たないわ。早急にヘルズ公爵の自白が必要ね」

「わかっている」

　きっぱりと言いきるアリスに、ランスロッドは覚悟を決めたようにうなずいた。

「あなたの力を全面的に借りる形になるけれどいい？」

「俺は君と奴との対決の舞台を整えるだけだよ。ヘルズ公爵はこの国の膿だ。思う存分やるといい」

彼はアリスにそう約束してくれた。

「ふふふ、今までも私のやりたいようにやらせてくれていたじゃない」

彼の足を引っ張ってしまうかもしれないという心苦しさよりも、感謝の念が湧いてきた。ランスロッドはアリスが思うより、この国で強い地盤を固めている。そのことに安堵（あんど）した。

「セーラ嬢は君の命の恩人なのだから、協力しないわけにはいかないよ」

そう言って彼は笑った。

「ありがとう、ランス」

「たいしたことではないよ。アリスは俺のお姫様だから」

そう言って目を細めた彼に大人の男性の持つ色気を見て、アリスは鼓動が速くなる。

「ちょっと、もうやめてよね」

アリスは照れて、つい横を向いてしまった。これでは自分の方が子供のようだ。

二人の話し合いが終わる頃には、激しい雨もやみ、雲間から銀色のさえざえとした月明かりが差した。


アリスは屋敷の寝室に通された。

ふかふかな天蓋（てんがい）ベッドが準備されていて、久しぶりにゆっくりと湯あみをした。メイド生活は二か月くらいの短い期間だったが、その間体を拭くだけだった。

香油を垂らした湯につかると緊張や疲れがほどけていく。何よりランスロッド所有の隠れ家にいると思うとくつろげる。

ここでは自分を取り繕わなくていい。ある意味フランネル家にいる時よりもアリスの心は自由に解放されていた。

秘密を共有する者と共にあることが、これほど心地よいとは思いもしなかった。

絆……とでもいうのだろうか。

アリスはゆっくりと湯につかりながら、思い出す。子供の頃は一時期ランスロッドとよく遊んでいた。

「あの頃は、楽しかったなあ……」

湯につかりながら、アリスは独りごちる。

木登りをしたり、釣りをしたりと野山を駆け回る日々。ランスロッドは昆虫が好きで、飽かずにアリの行進を眺めていた。それから、二人ではちみつをとろうとして、蜂の大群に追いかけられ、大人たちからしこたま怒られた。

そんな幼い頃から彼はアリスが大好きで野原で花を摘んでは花冠を作り、アリスの頭にかぶせては『俺のお姫様』と言って嬉しそうに笑った。

アリスはいまだに自分の何が彼にそこまで好かれているのかわからない。一目ぼれだと言われても、彼の家系は美形ぞろいでピンとこないのだ。

しかし、二人が成長していくと、いろいろな事情から徐々に疎遠になり、やり取りは手紙へと移っていった。

もちろんアリスにとってランスロッドは婚約者であり、大事な友人であることに変わりはなく、互いの誕生日には贈り物をした。

だがアリスはセーラに助けられた日から、彼女が幸せになる姿を見届けたいと願った。

今もその思いは変わりなく、セーラならばきっと立ち直れるとアリスは信じている。そばにグレッグという信頼のおける幼馴染みがいるのだからなおさらだ。きっと彼の深い愛情がセーラの心を癒すだろう。

そのためにもアリスは一刻も早くセーラの無実を勝ち取りたかった。必ず真実を白日の下にさらす。そして、セーラの幸せを見届けるのだ。

アリスは決意を新たにした。

湯あみが済むと、アリスは大きな掃き出し窓からバルコニーに出た。雨はすっかりやみ、水を含んだ夜風が火照った肌に気持ちいい。

ランスロッドのおかげで、アリスはこの国に来て初めて緊張から解き放たれた。まだ大詰めは迎えていないが、きっとうまくいく。そんな予感があった。

なぜなら、ランスロッドが支えてくれているから。今まで誰かを必要としたことはなかった。アリスはいつも誰かに必要とされる側の人間だったからだ。だが今は彼がそばにいてくれる。

アリスは、これから自分のすることをランスロッドに見届けてほしいと望んでいた。

これはきっと友情とは少し違う感情。アリスが素のままでいられて、心底安らげるのは彼の前だけなのかもしれない。

アリスは自分の中に芽吹く思いに気づいた。しかし、それはセーラの復讐が済むまでは……。

第六章　悪には怒りの鉄槌を

　ゲイリーは荒らされた執務室と続き部屋を前に、苛立っていた。ドアを斧で割るなど大胆不敵としか言いようがない。ただの小娘ではないのだろう。

「いったい、どこの手の者だ」

　大事な書類を持ち出したのは、私兵や使用人たちの証言でメイドのアリスだとわかっている。だが、まんまと逃げられてしまった。驚くほど逃げ足が速く、高い塀を軽く乗り越え飛び降りたという。

　そのうえ、愚鈍な下男のせいで使用人用の出入り口は大惨事となった。

　彼女が人身売買の証拠書類を、もし役所に持っていったりしたら大ごとだ。この国では奴隷制度はとうに禁止され、人身売買は重刑を科される。それは公爵位を持つ自分も例外ではないのだ。

　証拠をもみ消すために、金もかかるし厄介なことになる。さらに最悪なことにアリスは、へルズ家の裏帳簿まで持っていってしまった。

　金にがめつい元下級メイドと侮っていたが、とんでもない知恵者だ。

　それともゲイリーの政敵が裏で糸を引いているのかと疑心暗鬼を生ずる。しかし、彼女の持ってきた紹介状におかしなところはなく、よく下級メイドや下男を斡旋してもらう商会からのものだった。

ヘルズ家の使用人は長続きせず、すぐにやめてしまう者が多く、特に下級使用人たちのチェックは甘くなっていたのかもしれない。

「あの娘、いったい何が目的なんだ？」

考えられる可能性はいくつかある。まずひとつ目は彼女が独断で脅迫の材料にするため。ふたつ目は密偵として潜入し政敵が優位になる情報を流すため。三つめは人身売買などの悪行を役所に訴え出るため。

しかし、何か仕事をさせるたびに賃上げを要求してきた娘だし、書類をすぐに役所に持ち込んだ気配はないので、三つめが一番ありえない。そうだとしたら……。

ゲイリーはまず役所にアリスを窃盗犯として手配させることにした。幸いゲイリーの息のかかっている役人もいる。彼は夜更けに、手配書を関係各所にばらまくように指示を出した。

そうすれば、アリスは役所に訴え出られないばかりか指名手配犯になるのだ。これで彼女はこの国にいられない。だが、はらわたが煮えくり返るほどの怒りを覚えていることは確かで。

「楽には死なせない。絶対に絞首刑にしてやる！　くそっ、黒幕は誰なんだ」

小娘一人になしえることではない。ゲイリーは悔しさに文字通り地団太を踏んだ。

その後も一晩中アリスの捜索を続けているが、彼女は下町に入ったところでぱったりと消息を絶ち、どこからも目撃情報が出てこない。見た目が地味なうえ、特徴のない顔なので、人相書きを描こうにも難しい。茶髪茶目に眼鏡をかけた小娘としか情報がないのだ。もしも眼鏡を外されてしまったら、彼女を見つけることは不可能に近いだろう。

ゲイリーもパメラの件ではアリスと関わりを持ち、話したことはあるが、容姿に関しては茶色の髪と瞳それに眼鏡しか印象に残っていない。ただ金にがめついとは思ったが、ここまで狡猾な娘だとは思いもよらなかった。

ゲイリーはグレゴリーや執事を呼んで当たり散らし、メイドたちを呼んでアリスの様子について詳細に聞く。

しかし彼らは皆、口をそろえて言う。

「彼女はそつなく仕事をこなすメイドで、勤務態度も真面目でした」

元は下級メイドだったので、下級使用人たちにも詰問したが皆同じような答えだ。それが逆にゲイリーにとっては不気味に感じた。聞きようによっては、使用人たちが口裏を合わせ、彼女をかばっているように思えるからだ。

「そんな馬鹿な……」

アリスが書類を持って失踪してから、三日が過ぎ、ゲイリーはますます焦りを感じるようになる。最終手段としては裏社会に借りをつくることになるが、彼女を消してもらうのが一番だ。

ゲイリーの決断は早く、彼女が書類を持って逃げた夜に暗殺を依頼していたが、いかんせん彼女が見つからない。

憲兵に先に捕まりでもしたら、証拠をもみ消さなければならないうえ、金もかかるし、非常に厄介なことになる。

ゲイリーは日に日に追いつめられていく。

茶色の髪に茶色の瞳、やせ型の小娘など、どこにでもいるしどこにでも紛れ込める。アリスの個性のなさに苦戦を強いられる結果となった。

一番恐ろしいのは彼女の手から、何者かの手へ書類が流れることだ。ゲイリーがイライラと執務室を歩き回っていると、グレゴリーが泡を食って飛び込んできた。

「ご主人様！　た、大変です！」

「何事だ」

うっとうしそうにグレゴリーを見やる。

「今、執事から取り上げたのですが、しょ、召喚状です！」

ゲイリーはあきれた顔をして、グレゴリーを見る。

「馬鹿な。この国で私を召喚できる者などいるわけがないだろう。そんなものは国王くらいのものだ」

「それが……」

グレゴリーがガタガタと震える手で封書を差し出す。封蝋には王家の刻印があった。ゲイリーは大きく目を見開いた後、震える手でペーパーナイフを握り封を切る。

彼には人身売買の容疑がかけられていた。すぐさま王宮に出頭し申し開きをしろという内容で、早く出頭しなければ憲兵に身柄を拘束されてしまう。

「馬鹿な！　いったい誰があの小娘をかくまっている？　それとも小娘が情報を売ったのか？」

ゲイリーは混乱する心を落ち着けるため、大きく深呼吸をすると早速グレゴリーに罪を着せることに決めた。

「おい、今すぐ王宮に向かうぞ」

「いったいなんの罪で召喚されたのでしょう？」

グレゴリーが不安そうに尋ねてくる。汚職、賄賂、人身売買、罪を上げたらきりがない。だが、ゲイリーは彼に手紙を読ませなかった。

「何か行き違いがあったようだ。今から説明してくる。お前も一緒に来い」

「しかし……」

何かを察したようでグレゴリーは及び腰になる。

「うちにはあり余る財力があるのだ。政敵が何をしてこようとも勝てる。今までもあっさりと乗りきってきた。いったい何を恐れることがある」

またしっぽを切ればいいだけだと、ゲイリーは考えた。しかし、いつもは敵がわかっているのに、今回は誰が黒幕なのか皆目見当がつかない。そのことが彼の焦燥感を煽る。

（いずれにしても罪はグレゴリーにかぶってもらう。幸い、秘書の代わりはいくらでもいる。首を挿げ替えればいいだけの話だ）

「あのアリスとかいう小娘が、誰かの密偵ではないのですか？」

ゲイリーは、グレゴリーの不安を笑い飛ばす。しかし、内心ではわかっていた。

アリスというメイドはゲイリーの政敵である誰かが、密偵として送り込んできたのだ。実際に二、三、政敵に心当たりがある。

（だが、そのような不正な真似をして手に入れた証拠など、いかほどのものか）

父の代から、人身売買を生業とするヘルズ家には今までも危うい局面はあった。だが、そのたび篤志家の仮面をかぶり切り抜けてきたのだ。

今回、ゲイリーはすべての責任をグレゴリーに押しつけ、何があっても知らないふり押し通すつもりだ。彼が加担していたことは確かなのだから。むしろグレゴリーは率先して甘い汁を吸ってきた。

この件に関係しているのは、かなりの権力者だと確信した。財産だけならば、ヘルズ家は王族をしのぐほど保有している。もちろん後ろ暗いことをして稼いだ金ではあるが、ゲイリーの財産であることには変わりがない。

とりあえずは何者の仕業なのかを特定しなければならない。そして相手を確実に失脚させる。

（この私を貶（おとし）めるとは、絶対に許さん！）

ゲイリーはほの暗い復讐心に燃えていた。

ランスロッドの屋敷に来て三日目。アリスはサロンでくつろぎ、のんびりと紅茶を飲んでいた。大きな掃き出し窓にかかるレースのカーテンが揺れ、さわやかな風が屋内へと流れてくる。カップを手に紅茶を飲み、焼き菓子を口にしていると、ランスロッドが入ってきた。

「ランス、こんな時間にどうしたの？」

アリスが不思議そうに首をかしげる。いつもの彼ならば勤めに出ている時間だ。アリスは骨休みと称して、午前のお茶の時間を楽しんでいる最中だった。

「君が気になっていると思って、ゲイリーの取り調べの途中経過を伝えに来た。こちらが奴の供述だ」

ランスロッドから供述書を受け取り、それに目を通した瞬間、アリスの顔色が変わる。

「こんなこと、秘書の一存でできるわけがないわ！　証拠の書類にはヘルズ家が裏の仕事で使う刻印も押されている。グレゴリーは罪を認めているの？」

アリスは怒りに頬を紅潮させる。

「いや、まだだ。秘書は平民だから、自分が首謀者だと認めれば死刑になる。それから君の持ってきた資料のおかげで、人身売買に関与していた奴隷商人や孤児院の関係者も摘発することができた。だが、こちらは全員が公爵のあずかり知らないところで秘密裏にやっていたと証言している」

ランスロッドの話にアリスは驚愕した。

「なんですって？　皆で口裏を合わせているってこと？　そんな馬鹿な。人身売買は重罪よ。なぜヘルズ公爵をかばって、不利な証言をするの？　そんなことをすれば彼らは……」

アリスは言葉を失った。

「ヘルズの仕返しが恐ろしいのだろう。家族を殺すと脅されているのかもしれない。それからアリス、君は今暗殺者の標的になっている。どうやら裏社会に手を回したようだ。あいつはもうなりふりかまっていないよ」

そう言ってランスロッドが、憂鬱そうに髪をかき上げる。

「あの男、正真正銘の屑ね。あれだけ証拠がそろっているのに、まだ罪から逃れるつもりでいるの？」

「一応確認しておくけれど、君は暗殺者に狙われて怖くはないのかい？」

ランスロッドはチラリとアリスに視線を送る。

「ええ、もちろん。アリスなんてどこにも存在しないもの」

アリスの言葉に、ランスロッドがふっと笑みを見せる。

「ゲイリーは必死に茶髪茶目で眼鏡のアリスを捜しているよ」

「あら、それはお気の毒。雲をつかむような話よね、ふふふ」

二人はつかの間、笑い合った。

「それで証拠はすべてゲイリーが犯人だと指し示しているのに、彼は認めないと。なんとしてもゲイリーの自白が必要ね」

「この国にとっては厄介な権力者だよ。だが、時間をかければ切り崩せる」

ランスロッドの言葉にアリスは静かに首を振る。

「いいえ、私が自白させるわ。あなたにはずいぶん迷惑をかけてしまったわね。だから害虫駆除は私にやらせて」

決意に満ちた瞳で、アリスがそう宣言した。

その頃ゲイリーは、取り調べがうやむやのうちに終わりを告げ、王宮の取調室でほくそ笑んでいた。これであのグレゴリーが罪を認めれば、ゲイリーは釈放となる。

だが、釈放されたとしても、今回ばかりは無罪放免とはいかないだろう。何しろ証拠がそろいすぎている。この先しばらくは疑いの目がかかり続けるだろう。

せっかく父の代からつくり上げてきた、ヘルズ家の人間は篤志家というイメージは見事粉砕されてしまった。そのうえ、こつこつと築いてきた人身売買のコネクションも完膚なきまでに破壊された。事件のほとぼりが冷めるまで、荒稼ぎは控えなければならない。

ゲイリーはそれを考えるとはらわたが煮えくり返る。

しかし、金にはそう困らないだろう。元婚約者セーラ・フランネルの裕福な実家から、賠償金と慰謝料を搾り取ればいいだけだ。だが、フランネル家当主も娘同様頑固でなかなか賠償金や慰謝料の支払いをしないばかりか、娘は無実だと強気に訴えている。

そもそもゲイリーがセーラを婚約者に選んだのは、他国の娘でセギル王国についてそれほど詳しくはないことに加え、実家が金持ちで王宮の夜会で一番美しい娘だったからだ。彼女の世間ずれしていなさそうなところも扱いやすそうで気に入った。善意に包まれて育った者はとかく悪意に疎い。裏を返せば正義感が強すぎるということなのだが。いずれにしても理由をつけて家に戻した選択は間違いではなかった。

（くそ、あの地味なアリスという小娘さえいなければ。いったい誰なのだ。あの小娘を差し向けてきたのは？）

そこでゲイリーははたと気づく。

（たしか、あの小娘はコノートから来たと言っていた。まさか私はフランネル侯爵家にはめられたのか？）

本来なら、アリスの身元を洗いたいところだが、下手に動くとかえって怪しまれる。彼女は忽然と消えたままだ。だが、フランネル家程度の家格では、セギルの王族と渡り合い証拠を提出するなど無理がある。やはり、敵はセギル王国の中にいるのだ。

結局ゲイリーの考えは堂々巡りする。アリスがこの国の権力者の手先でゲイリーの不正の証拠を提出したのはわかっているが、それが誰の手引きによるものなのか絞れない。もちろん、ある程度の見当はつき、数人の有力貴族の顔が浮かぶが、いずれも手を出すには危険な相手で、それ相応の心づもりが必要だ。

（おのれっ！　あの小娘の黒幕さえわかれば！）

取り調べから解放されたゲイリーはすぐにも家に帰り、事後処理や証拠のもみ消しに走らなければ、ならなかった。

裏社会の人間にはアリスの暗殺命令を出しているし、もちろん黒幕を吐かせてから殺せと指示してある。セーラのように身元がわかっていれば、両親を殺すと脅す方法もあっただろうが、アリスに縁故がある者はないようだ。もしかしたら、アリスは雇い主の手ですでに消されているかもしれない。

ゲイリーは嫌な予感に冷や汗をかいた。

学があり数字に明るいが、斧でドアを叩き壊す手口からして貴族の娘とは考えられない。

だが、ピンポイントで証拠を持ち去る判断力、そのうえ裏帳簿まで見つけ出して奪うとは、並々ならぬ教養と知識の持ち主だ。それにあの逃げ足の速さ。

（いったい、何者なんだ。あの小娘は）

解放されたのもつかの間、ゲイリーは取調室を出たところで、突然数人の近衛騎士に囲まれた。

「陛下がお呼びです。閣下、謁見の広間までお越しください」

「何だと？」

いったい国王から何の話があるというのだろう。今回の事件についてのお叱りだろうか。

（それとも裏帳簿のことだろうか？　まさか、アリスが王族の手の者？）

しかし、ゲイリーは一番盤石と言われている第一王子派に属しているのでありえない。第二王子派の手の者かとも考えもしたが、彼を支持する者たちは穏健派ばかりだ。これほど乱暴な手を使ってくる者はいない。そのうえ、第二王子は存在感が非常に薄く、表立った公務にはほとんど出てくることもなかった。

子供の頃は神童と呼ばれていたため、暗殺の危機にさらされ続けた。そのせいか、やがて表舞台で姿を見かけることは、ほとんどなくなった。せいぜい王宮で、毎年恒例で行う大きな夜会の時のみ、挨拶に顔を出すくらいだ。加えて、派閥を好まない変わり者とも聞いている。

ならば、第一王子派の誰かが自分を裏切ったと考えるのが妥当だ。

ゲイリーは公爵位を持つことから縛り上げられることはなかったが、近衛騎士に前後左右を囲まれて、謁見の広間に連れていかれた。そのことに彼の高い自尊心はいたく傷つけられた。嫌でもアリスに対する復讐心が増す。

ゲイリーはそんなことを思い巡らせながら廊下を歩く。そして謁見の広間の両扉が大きく開かれた。玉座まで左右両サイドには王の側近数人に議会の上級貴族の代表や、少数精鋭の王宮の近衛騎士隊が並んでいる。謁見の広間にいるのは王と王子を含めても二十人程度でさほど人数は多くないが、これではまるで見せもののようだ。

高い天井には等間隔に並んだシャンデリアがまばゆい光を放ち、磨き抜かれた大理石の床が玉座まで続いている。

ゲイリーはことさら落ち着いた足取りでゆっくり堂々と歩みを進めた。

やがて王の隣に立つ意外な人物を視認した。

それは権力争いから早々に離脱した第二王子——その名は、ランスロッド。

彼が公式の場に出てくることはほとんどなく、先日執り行われた王宮の夜会で挨拶を交わした程度である。

（なぜ彼が？　黒幕というのには小者すぎる）

ゲイリーは冷めた表情で、第二王子を眺めた。黄金色の髪と青い瞳を持ち、精巧に作られた彫刻のように整った面立ちをしている。彼が黒幕ではないという確信があった。

　つまりゲイリーがこの謁見の広間に呼び出されたのは、騒ぎを起こしたので国王の御前で詫びをしろということだろう。いくら秘書のやったことだとしてもある程度の責任は取らされる。

　ゲイリーはその事実に苛立った。どうも今回は事が事だけにすんなりと無罪放免とはいかないようだ。

　だが、ゲイリーが今一番気になっているのは裏帳簿のことだ。人身売買に関する証拠は次々と出てきているのに、裏帳簿についてはまったく浮上してこないのが不気味だった。そのうち黒幕が接触してくるだろうと彼は王の御前にあっても、せわしなく思考を巡らせた。

　玉座の手前に着くと、ゲイリーはひざまずかされた。

　屈辱的な扱いに暗い情念が燃えるが、屈強な近衛騎士に囲まれていては立ち上がるわけにもいかない。

　第二王子ランスロッドは王の玉座の横に立ち、華やかで端整な美貌に淡く笑みを浮かべている。見た目だけで言えば、兄のパーシヴァルよりよい品と威厳を兼ね備えている。しかし、それはきっと見かけ倒しだ。

　ゲイリーがひざまずかされたのを確認してから、ランスロッドが落ち着いた様子で口を開く。

「ゲイリー・ヘルズ。このたびお前には人身売買の容疑がかかっているが、何か申し開きはあるか？」

朗々と響くランスロッドの言葉に、ゲイリーは意図的に驚いたような表情をつくる。彼にとっては造作のないことだった。

「いいえ、私には後ろ暗いところはなにひとつありません。それに今回は秘書の仕業だと取り調べで判明したはずですが？　そんなことより、私が多額の寄付金を納めていた孤児院で人身売買が行われていたなど心が痛みます」

ゲイリーは殊勝な表情を見せ、目を伏せる。慈悲深い篤志家の仮面ならばかぶり慣れていた。

「私の監督不行き届きと言われてしまえばそれまでですが……。今回の重大事件に、私はいっさい関与しておりません」

内心ではランスロッドの断定口調に苛立ちを感じていた。もとより、あまり公の場に出てこないまだ若い第二王子を侮っていたので、上から物を言われると余計に腹が立つ。

（青二才が、国王の威を借りてなにを偉そうに）

「いくら殿下といえども公爵位を賜っている私に、なんの証拠もなくそのような容疑をかけるのはいかがなものでしょう？」

ゲイリーは挑むようにランスロッドの美しいサファイア色の瞳を見据える。

しかし、意外にもまだ若いランスロッドは揺らぐことなく、それを受け止めた。案外肝が据わっている。それに彼の瞳の奥底にはぞっとするような冷たさがあった。ゲイリーは本能的に不安をいだく。

ランスロッドは、ゲイリーの前に進み出ると裏帳簿を突きつけた。

「人身売買で得た多額の金がすべてお前の元に流れ込んでいる。これをどう説明する」

ゲイリーは今度こそ演技ではなく、目を極限まで見開いた。

（なぜ、この青二才が持っているんだ？）

その事実ににわかに混乱する。

「そんな馬鹿な！　私は陥れられたんだ！　そう、アリスという狡猾で手癖の悪いメイドが執務室を荒らし、ドアを斧で叩き割ったうえ書類を盗み出したのです！　何者かが、私を陥れるために帳簿を改ざんしたのです！」

滑稽な言い訳しか出てこなかった。まさかランスロッドがこれを仕組んだとは予想だにしていなかった。

（彼は今まで極力国政とは距離を置いていた。それなのになぜだ？）

ゲイリーは怒り狂うよりも、混乱の渦中にいた。

だいたいランスロッドとは今まで関わりを持ってはこなかった。

いや、彼が神童と呼ばれていた幼少期に魔物を仕掛けたことはある。第一王子を擁立する者として、優秀な彼が邪魔だったからだ。

結果ランスロッドを亡き者にするという作戦は失敗したが、彼はたび重なる暗殺未遂事件により、表舞台にはほとんど出てこなくなった。

「アリスという手癖の悪いメイドか。アリス、君の意見が聞きたい」

ランスロッドがそう言って振り返ると、奥の扉からサテンの赤いドレスを着た、茶髪に眼鏡姿の貴婦人が現れ、泰然とした足取りで玉座に歩み寄る。そしてランスロッドの隣に並んだ。

訳がわからなくて、ゲイリーは彼女をまじまじと見る。やおら叫んだ。

「アリス……、貴様！　そいつです。私を陥れたのはその小娘です！」

ゲイリーはアリスをぴたりと指さした。

一方でアリスは、取り乱し叫ぶゲイリーに冷たい視線を送る。

「一介のメイドにそのような大それたことができるとは思えないが」

その時、今まで置物のように黙っていた国王が初めて口を開いた。しかし、その言葉にゲイリーは即座に反論する。

「では、なぜ一介のメイドがそのような貴族令嬢がまとうようなドレスを着て、ここいるのです？　私はいったい誰にはめられたのですか？」

アリスは軽く口角を上げる。

「仕方がありませんわ。これが、この謁見の広間でのドレスコードですもの。まさかメイド服で登城するわけにはまいりませんから」

笑みをたたえたアリスがしれっと答える姿を、唖然とした様子でゲイリーが見る。

「いったい、貴様は何者なのだ？　私にこれほどの重罪をなすりつけるとは！　なぜ、私を陥れたのだ！」

アリスの登場にひるみながらも、ゲイリーは自分の罪を認めない。口角泡を飛ばす勢いだ。

「なるほど。あきれるほど、往生際が悪いな」

ランスロッドが、砕けた口調でアリスに声をかける。

「本当にあきれるわね。私のことを手癖の悪いメイドだなんて後悔させてあげる。ランスロッド殿下、よろしいですか？」

アリスがにっこりと微笑んでランスロッドを見ると、彼が控えめに反対する。

「俺としてはやめておけと言っておきたいけれど」

しかし、アリスは宣言する。

「今から、そこの屑に陛下の御前で罪を告白させる」

不敵に微笑むアリスにゲイリーの目が憎々しげな色を浮かべる。

アリスが眼鏡を外すと茶色かった瞳が鮮やかな紫に染まり、ひっつめの髪を解くと、ふわりと光沢を放つ銀色に変わっていく。

ゲイリーはこぼれんばかりに目を見開いた。

（かつて聞いたことがある。危険なギフトを持って生まれてきた子供は名を変え身分を変え、姿を変えると……）

「まさか！」

認識阻害の魔導具が外され、アリスの本来の容姿が現れた。

艶やかな銀髪の美女。彼女は、ある日突然あまりにも強大で危険なギフトに目覚めたため、姿を変えてコノート王国の忠臣レイン男爵に預けられ育てられた。

「解放(リリース)！　コノート王国第三王女アナスタシアが神より授かりし力を今ここに！」

アリスが真実の名と身分を告げると、天からまばゆい光が降りてきて彼女を包み込む。神々しいまでの美しさをたたえ、アナスタシアの元に光り輝くギフトが下りてくる。

ギフトが体を支配する感覚がある。しかし、アナスタシアの心は縛られない。精神はほどけ、やがてトランス状態に入る。

謁見の広間にいる人々から、さざ波のようにどよめきが漏れた。今から奇跡が起こる。皆がそんな予感に打ち震えているのだろう。


——アナスタシアのギフトは短時間だけ神の威光を借り、目が合ったものを従わせることができるというものだ。器が人間なので力を使うと強い反動を受け、体にダメージをこうむるので、めったに使えない。

そのため、彼女はギフトに目覚めた後、神殿にて命の危機から逃れるため、または、大切な人のためだけ使えるという誓約を結んだ。そして、彼女の持つ強大な力を魔導具で抑えていた。

その魔導具が、アリスことアナスタシアのかけている眼鏡と地味な髪飾りなのだ——。


「そこのお前、真実を白日のもとにさらせ」

謁見の広間に彼女の言葉が厳かに響き、アナスタシアがゲイリーを指さした。

「人身売買は父の代よりのヘルズ公爵家の生業だ」

ゲイリーは自分が紡いだ言葉に驚愕していた。

「なぜだ……口が勝手に」

彼は信じられないという表情でつぶやく。

「目的は？」

「潤沢な資金をもとに傭兵を雇い、いずれは決起し、この国を乗っ取る。それが我が公爵家の悲願だった。幸い第一王子は操りやすい。事を起こすならば、彼の治世と決めていた」

ゲイリーは必死に口をふさごうとしているが、その手も自由が利かずあふれ出る真実の言葉は止まらない。アナスタシアの問いに、次から次に抑揚のない口調で答え続ける。

「なぜ、コノート王国フランネル侯爵家嫡女のセーラを痛めつけ、言われのない罪で婚約破棄をし、賠償金および慰謝料まで請求したか答えなさい」

ゲイリーが、なぜそんなことを聞かれたのかわからない、というような表情を浮かべる。だが、彼の意思に関係なく、勝手に口が開いて真実だけを述べる。

「セーラを領地へ連れていった時、あの娘は私が大量に傭兵を雇い入れていることに気づいた。それを不審に思ったのか、資金はどこから出ているのかを調べ始め、孤児院を隠れ蓑にしての人身売買をしているのではないかと疑いを持ち始めた」

ゲイリーの顔色がみるみる悪くなっていく。彼の額に脂汗がにじんできた。

「だから、コノート王国にいる両親を殺してやると脅しつけた。いつでも殺せるようにセーラとその家族にだけ監視をつけている。いくらでも代わりの利く使用人を殺しても意味はないだろう?」

アナスタシアの片眉が上がり、怒りのボルテージも上がる。しかし、彼女は冷静さを保つ。大きすぎるギフトを制御しなくてはならないからだ。

「証拠は領地のどこに隠してあるのか、すべてを白状しなさい」

その後もゲイリーの長い告白はひたすら続いた。蒼白な顔を醜くゆがませているのに、彼はまったく嘘がつけず、次々に己の犯した醜い罪を暴露していき、証拠のありかまで余さず告白し続ける。彼の悪行はとどまるところを知らず、白日のもとにさらされた。

その間にもランスロッドが伝令にゲイリーの領地に調査員と兵の派遣を命じている。

唐突にアナスタシアの体がふらりとかしいだ。

「アナスタシア、そこまでだ」

ランスロッドが力強い腕で彼女を支え、さらに近衛騎士に命じる。

「ゲイリー・ヘルズを捕らえよ。罪状は人身売買及び国家反逆罪だ」

その瞬間、ゲイリーがわなないて己の口元に手を当てる。それは、彼を縛っていたアナスタシアのギフトの力が消えたことを示している。

「違う！　私もこの場も、その女のおかしな妖術にたぶらかされているのだ！」

ゲイリーはこの期に及んでアナスタシアを指さし糾弾した。

「アナスタシア、無理をしすぎだ」

ランスロッドはゲイリーのたわ言にはかまわず、はらはらしながら己の腕の中にいる婚約者を見守る。

「大丈夫。もう力は発動していない。その証拠にあの屑、悪あがきをしているでしょ？」

アナスタシアはランスロッドを安心させるように微笑んだ。

「くそ、コノートの女はろくでもない。貴様といい、セーラといい！　生意気な屑ばかりだ！」

ゲイリーが吐き捨てる。

セーラへの罵りの言葉を聞いた瞬間、途切れかけていたアナスタシアの意識が覚醒し、再び闘志が湧いてきた。

「ランス、あとひとつだけやり残したことがあるわ」

「え？」

ギフトを使った後だというのに、力強い言葉を放つアナスタシアにランスロッドは驚かされた。

「お嬢様が持ち帰った証拠を、あいつに叩きつけてくる」

さらにとどめを刺そうとするアナスタシアに、ランスロッドは目を見開く。次の瞬間、アナスタシアは美しく艶やかな笑みを浮かべ、人さし指にセーラが持ち帰ったシグネットリングをはめた。周りの視線が彼女に釘づけになる。

その隙に、ゲイリーが再びわめきだした。

「その怪しい術を使う魔性の女にたぶらかされてはなりません。私は陛下の忠実な臣下です！　今のはおかしな術で無理やり虚言を吐かされました！」

「私の婚約者を愚弄する気か！　ヘルズ、貴様の公爵位はこの場で剥奪だ」

ランスロッドがそう言った瞬間、アナスタシアは素早く彼の腕をすり抜け、ゲイリーに迫ると懐に入る。

シグネットリングをつけた右手の拳をゲイリーの顎に叩きつけた。骨の折れる嫌な音が静まり返った謁見の広間に響き、ゲイリーが醜い叫び声をあげてぶざまにひっくり返る。

一瞬のことで誰も反応できず、謁見の広間に時が止まったような沈黙がおりた。

「このような薄汚いものをたまたまセーラ様のお部屋で拾ったので、お返ししますわ」

口角をきゅっと上げ、晴れやかな笑みを浮かべると、アナスタシアはゆっくりと指輪を外し、

ゲイリーの足元に落とした。カラーンと、大理石の床を打つ硬く乾いた音が、謁見の広間に反響する。

ゲイリーはそれが裏取引の書類の印に使っていたシグネットリングだと気づき、顎の痛みを物ともせずに慌てて拾おうとあがく。

ランスロッドはそれを冷徹な瞳で見下ろすと口を開いた。

「ここに集まった者は、アナスタシア殿下のギフトがどういったものか、気づいていることだろう。彼女の意思で正式に公表するまではくれぐれも口外しないように。もしも口外することがあれば、国家間の問題に発展し、やがては戦争を引き起こすこともあるだろう」

ランスロッドはそこまで言って辺りを睥睨すると、謁見の広間が静まり返った。

後の言葉を玉座にいる王が引き継いだ。

「わかっていると思うが、重大なギフトを見た者がその秘密を口外した場合、わが国では死罪となる。ここに居並ぶ忠臣にそのような者はいないと私は信じている」

王が重々しくうなずいた。

しわぶきひとつない謁見の広間に、ゲイリーだけが折れた顎からよだれを垂らしながら、何事かを呻いていてじたばたとしている。

「今すぐそいつをひったてろ」

ランスロッドが命令を下すと、今まで空気にのまれていた近衛騎士たちはハッとなり、わめくゲイリーを連行していった。

騒動が収まり、人払いをした後。

今まで気丈に立っていたアナスタシアが、力を解放した反動に苦しみ、倒れ込む。すかさずランスロッドが彼女を支えると、彼女の艶やかな銀髪がふわりと広がった。

「君はなんて無茶をするんだよ。ギフトが短時間しか使えないってわかっているのに」

ランスロッドがヒールを使う。彼のギフトがヒーラーだったから、アナスタシアはあれほどの長時間ギフトを使えたのだ。

「ありがとう。あなたのおかげですっきりしたわ」

アナスタシアがにっこりと微笑む。だが、いくら体力のあるアナスタシアでも人の身に神の力を宿した反動には勝てなかった。

それでも満足したように微笑みを浮かべたままアナスタシアは、意識を手放した。

三日後には、銀髪で紫の瞳を持つアナスタシアは王宮の庭園でセギルの国王とランスロッドと共にお茶を飲んでいた。

「いやはや、とんでもないギフトをお持ちですな。コノートの王が隠したがるのもわかるな」

王は感心したように言う。今回はヒーラーのギフトを持ったランスロッドがすぐに癒してくれたので、アナスタシアの回復は異様に早かった。

「しかし、発動条件はなんだ？」

国王の問いだが、アナスタシアには答えることができない。

「ダメですよ。父上、彼女は生涯の伴侶にしか、詳細は明かせません。重大なギフトを持つ者は神聖な誓約を神の元で結んでいますから」

「そうだな。その力があったからこそランスロッドは、あの時死なずに済んだ。姫君には感謝しているよ。これからの活躍も期待している」

「それもダメです。父上、私とアナスタシアは地味に目立たずひっそりと暮らしていく予定なので。それに何よりもギフトの行使はアナスタシアの体に負担がかかる」

ランスロッドは温かく思いやりのこもった眼差しをアナスタシアに送る。

地味にとはいっても金髪碧眼のランスロッドは目立つし、コノート王族の特徴である艶やかな銀髪と紫の瞳を持つアナスタシアも同様だ。

本来のアナスタシアは、ランスロッドが贈る大輪のバラがよく似合う美女である。こんな二人が街中で一緒にいたら、騒ぎになるだろう。

アナスタシアとランスロッドは同時にそろいのイヤリングをつけた。ランスロッドの瞳は茶色に染まる。髪飾りまでつけ終わったアナスタシアは特徴のない茶色の髪の茶色の瞳に変わり、認識阻害が起こり彼女の真の美しさは隠された。

「まったく似た者同士だな。いつでも中央で待っているぞ。気が向いたら二人で国政に参加するといい。パーシヴァルには荷が重いかもしれんからな」

今回起こしたゲイリーの事件がらみで、パーシヴァルは寝る間も惜しんで後処理に対応しているらしい。

国王の言葉に、アナスタシアとランスロッドはお互い微笑み合った。

もとより二人には、国政に関わる気などさらさらないのだ。


国王との茶会が済むと、アナスタシアはランスロッドと王宮の庭園を散策した。

彼女はふと蓮池のほとりで足を止める。

「ねえ、ランス。あなたにお願いがあるの」

二人の間に沈黙が落ちた。先に口を開いたのはランスロッドで。

「わかっている。アリスとして、お嬢様の幸せを見届けたいのだろう。気が済むまで、彼女のそばにいるといい。俺はこの国でずっと君を待っている。アナスタシアはするべきことをしておいで」

ランスロッドの言葉がアナスタシアの胸に染みる。

「ありがとう。ランス、必ず戻るから」

ランスロッドは優しくアナスタシアの腰に腕を回し、抱きしめた。

「しばしの別れだ。アナスタシア、体に気をつけて」

「ランス、あなたもね」

二人はしばらく、そのまま動かなかった。

やがて、どちらからともなく体を離すと別の方向へと歩んでいった。


――その後、ゲイリーの領地や屋敷は早急に差し押さえられた。結果、子供の頃のランスロッドを襲うように魔物にけしかけたのは、ゲイリーの仕業だったと新たな事実が判明する。

ランスロッドは、初めてギフトを使ったアナスタシアの姿を鮮明に覚えている。魔物に襲われそうになった瞬間、アナスタシアがランスロッドの前に立ちふさがった。

やおら天からいく筋もの光の柱が下りてきて、アナスタシアを包み込む。その美しさと荘厳さにランスロッドは目を奪われた。

『お前たちは弱きものを傷つけてはならない。ここから立ち去りなさい』

人語の通じない魔物たちが、催眠にでもかかったようにアナスタシアの言葉に従う。

のちに彼女のギフトは『神の威光』と呼ばれることとなった。アナスタシアの持つギフトの前には誰も逆らうことができないからだ。

第七章　アリス帰国　お嬢様にお茶を淹れる

その日、セーラは両親と共に、二階の一室の狭い部屋に閉じこもっていた。王宮から急ぎ派遣されてきた騎士たちによると、その方が守りやすいからだという。

彼らの屋敷はいまコノート王国の近衛騎士をはじめとする兵士たちに守られていた。

つい先ほど王宮から伝令が来たのだ。セギル王国にて、ゲイリーの罪がすべて暴かれ、逮捕されたと。そのため、フランネル家を監視し、つけ狙っていた者たちを一斉摘発することになったのだ。

「セーラ、なぜ言ってくれなかったの？　一人で苦しむだなんて、なんのための家族なのよ」

すべてを知ったマリーがセーラに涙ながらに訴える。

「ごめんなさい。お父様、お母様、私が世間知らずだったのよ。そのせいで皆を危険にさらしてしまった」

セーラが肩を落とす。

「何を言っているんだ、セーラ。悪事を告発したら、私とマリーを殺すとヘルズに脅されていたのだろ。家族を人質に取られていた。だから、優しいお前は何も話せなかったんだ。人として間違ったことはなにひとつしていない。胸を張っていい！　ただ、本物の悪党を知らなかっただけだ。それにそんな屑との婚約を承諾した家長である私の責任だ。セーラは悪くない！」

セーラはフィリップの言葉に首を振る。

「知らないことは罪よ。でもアリスがここを離れていてくれてよかった。彼女まで巻き込まれたらと思うと……」

夫妻はセーラの言葉に、何かを逡巡するように顔を見合わせた。

やがて、屋敷の外で争う物音が聞こえてきた。兵士たちの声があがり、剣を打ち合う音がする。

荒事とは無縁の三人は身を寄せ合った。

しばらくすると喧噪はやみ、部屋に玄関ドアのノッカーを打つ音が響いた。

「賊は全員捕らえました」

グレッグの声にセーラは顔を上げる。フィリップがドアを開けるとそこにはグレッグが立っていた。

「よかった。グレッグ、無事で。あなたまで巻き込んでしまって、ごめんなさい」

「何を言っているんだ、セーラ。俺の仕事は人を守ることだよ」

セーラは彼に抱きついた。

「ありがとう。本当にありがとう」

崩れ落ちそうになるセーラを彼の力強い腕が支えた。

「これからは、俺がずっとセーラを守るから」

セーラは子供のように泣きながら、何度も何度もうなずいた。

今さらながら、ずっとグレッグに守られてきたことに気づく。アリスがなぜ、グレッグとセーラが結ばれることを願ったのか、今ならわかる。

ずっと子供の頃から一緒にいたから近すぎて、彼に守られることが当たり前すぎて、本当に大切なものに気づくことができなかった。

聡明なアリスには、それがわかっていたのかもしれない。愚かな自分は今まで、かけがえのない大切なものに気づかずにいた。

婚約者に会いにセギル王国へ行くと言って旅立ったアリスは、今頃どうしているだろう。あの時はアリスを巻き込みたくなくて、セーラは止めなかったけれど、今は無性に彼女に会いたくてたまらなかった。

（私の大切な友達。大好きなアリス……）

それなのに、アリスにはもう会えない予感がしていた。

セーラとグレッグの婚約はもともと両家の仲がよかったことから、すぐに決まった。

セギル王国で婚約破棄されて戻ってきたセーラに周囲の風当たりが強い時期もあったが、ハドソン侯爵家はフランネル家の味方でいてくれた。

ゲイリーが捕まり彼の噂が広まり、悪行ぶりが周知されると、再びセーラは社交界に温かく迎え入れられ、悪党に屈しなかった彼女は褒めたたえられた。

しかしセーラは、自分はそんな立派なものではないと知っている。あの時、確かに彼女の心は折れてしまった。力のない娘が、真っ向から悪に立ち向かうなど愚の骨頂でしかない。今のセーラにはそれが痛いほどわかっている。

彼女の傷ついた心を救ってくれたのは、家族の絆と娘を慈しむフランネル夫妻の思い、グレッグの一途な愛情。そして、アリスとつくったきらきらとした楽しい青春時代の思い出。それらがセーラの支えとなり、彼女を立ち直らせたのだ。

アリスとの初めての出会いにセーラは思いを馳せる。

『私はお嬢様が大好きです！　お嬢様の侍女になれて幸せです』

初対面のアリスにそう言われた時には面食らった。

『ええ？　だって会うのは今日が初めてでしょ？　あなたは私を知らないじゃない？』

だが、セーラは面白い子がやって来たと早くもワクワクしていた。

アリスは、セーラにとってすぐに特別な存在になった。つらいことや悲しいことがあってもアリスと話すと元気になれる。アリスはいつも明るく楽しそうに笑っていて、セーラよりも年下なのに、さりげなく勉強を教えてくれることもあって驚いた。

二人で読んだ本の感想を言い合ったり、夜遅くまでおしゃべりしたり、時には市場へ買い物に出かけたりと楽しい思い出でいっぱいだ。

あれは二年くらい前だっただろうか。セーラはお気に入りのポシェットを持って、アリスと共に街の市場へ繰り出した。

雑踏の中で屋台をひやかし、異国から来たという綺麗なガラス細工に目を奪われていると、セーラはいきなり見知らぬ男に突き飛ばされた。

『お嬢様！　おケガはありませんか！』

買い物の荷物を馬車へ置きに行っていたアリスが、いち早く異変に気づき駆け寄ってきて、すぐにセーラを助け起こしてくれた。

『ありがとう、アリス。びっくりしたわ。ケガはないみたい』

アリスはセーラの言葉にうなずくと、遅れてきた護衛たちにセーラを預ける。

『少々お待ちください。今から、お嬢様の大切なものを奪い返してきます！』

アリスは言うが早いか、市場の雑踏に消えてしまった。

『え？　ちょっとアリス、どうしたの！』

そこでセーラは自分のポーチがないことに気がついた。紐（ひも）がちぎられているのを見て、悲しくなって、次にぞっとした。

『どうしよう、アリスったら一人で向かっていってしまったわ』

セーラがアリスの心配をしたその時に、市場の人込みの中で歓声が沸き起こった。ちょうどアリスの向かった方向だ。

心配になったセーラは走りだす。慌てて人込みをかき分けた先にアリスがいた。彼女は広場で、男の腕をねじり上げ足で踏みつけているところだった。

セーラの姿に気づくと彼女は破顔する。

『お嬢様！　大切なポーチは返してもらいました！』

片腕と足で男を押さえつけ、嬉しそうに手を振るアリスに、セーラは度肝を抜かれた。

あの時はアリスを心配して涙が出て、それなのに嬉しくて、おかしくて、笑っていいのか泣いていいのかわからなくて、セーラは初めて混乱した。

アリスは初めて会ったその日から、毎日のように『私はお嬢様が大好きです』と言ってくれた。彼女の揺るぎない忠誠――友情が、いつしかセーラに自信をもたらしていた。

そのことに気づいたのはセギルで独りぼっちになってからだ。たくさんの人に支えられていたから、あの頃の自分は輝いていられたのだと思い知らされた。

セーラはコノート王国に戻り皆の支えがあって、日常に戻ってこられた。そして、来春グレッグと結婚する。

それなのにこれから先のことを思うと、セーラの瞳は陰りを帯びる。

アリスはひと月ほど前に、突然隣国からフランネル家の屋敷に戻ってきた。

「お嬢様、お茶の時間ですよ。見てください！　今日はお嬢様の大好きな洋ナシのタルトです」

明るく元気な声が響き、アリスがワゴンを押しながらサロンに入ってくる。彼女はゲイリーが投獄された後、ほどなくしてセギルから戻ってきた。そして、何事もなかったように、また侍女として働き始めセーラを支えたのだ。

「ありがとう。ところで、アリス、あなたは婚約者とこんなに長い時間離れていて大丈夫なの？」

今まで怖くてできなかった質問を初めてする。

「はい、まったく問題ありません。お嬢様の幸せを見届けたいと言ったら、二つ返事で送り出してくれました」

アリスのからりとした返事に、セーラの口から笑いが漏れた。それなのにアリスの顔が一瞬で曇る。セーラは自分が笑いながら、泣いていることに気づいた。

グレッグをはじめとする王宮の近衛騎士や兵士たちがやって来て、監視者と暗殺者を捕らえたあの日に、父と母が教えてくれた。

――アリスがゲイリーのシグネットリングを見つけ、それを持ってセギル王国に旅立った――と。

あのシグネットリングはヘルズの裏取引に使われていたものだ。どうしても彼の所業が許せなかったセーラが、コノート王国に追い返される直前、最後のあがきでシグネットリングを盗み、カバンに忍ばせたのだった。

悪事の証拠ともいえる品を持って、アリスはセギル王国に乗り込んだ。その後、彼女が帰国する少し前にあの忌まわしい冤罪は晴れ、セーラの汚名はそそがれた。

「お嬢様、つらかったことを思い出してしまいましたか」

今はアリスが目の前にいて、優しくセーラの涙を拭いてくれる。

「違うの。もう私は大丈夫よ、アリス。私は今幸せの絶頂にいるの」

グレッグは入り婿なので、セーラの生活は基本変わらないはずなのに、そこに大好きなアリスの姿がないことはわかっている。違う。本当はずっと前から気づいていたのかもしれない。

「どうかしましたか？　お嬢様、まさか、マリッジ・ブルーですか？」

いたずらっぽい笑みを浮かべ、アリスが聞いてくる。

「違うの、アリス。今までありがとう」

アリスが驚いたように目をしばたたく。

「どうしたんですか？　いきなり改まって。温かい紅茶を飲むと、気持ちが落ち着きますよ」

彼女がセーラのティーカップにお茶を注ぐ。カップからゆらゆらと湯気がたつ。

「ええ、ありがとう」

セーラは味わうようにふわりと香る紅茶を一口飲んだ。アリスの淹れてくれたおいしい紅茶いる。

を苦い気持ちと共に飲み下す。彼女は温かく包み込むような笑顔を浮かべ、セーラを見守って
（大好きなアリス、私の大切な親友）

「おいしい。アリスの淹れたお茶は、本当に最高ね」

そう、セーラは今までアリスに守られてきた。だが、もう彼女を解放し、本来の場所に帰し
てあげなくてはならない。

セーラは覚悟を決め、立ち上がると、アリスに向かって見事なカーテシーをした。

「お久しぶりです。アナスタシア殿下。セギル王国にて私の濡れ衣を晴らしてくださり、あり
がとうございます。そして今までの数々の非礼をお許しください」

アリス、いやアナスタシアはセーラが独り占めしていい人ではないのだ。

二人の間に、長い長い沈黙が降りる。

セーラは頭を低くして、アナスタシアが言葉を発するのを待った。

彼女が逡巡し、ためらっているのがセーラにはわかる。強くてとても優しい人なのだ。

「どうか、あなたの本当の姿を見せてください……」

すると意を決したように、アリスが眼鏡に手をかけて、ゆっくりとそれを外す。

直後、王族のあかしである鮮やかな紫の瞳が現れた。

ひっつめにした髪を解くと、艶やかな銀髪がふわりと広がる。長い銀色のまつ毛に、通った

鼻筋、透けるように白い肌に桜色の唇。この国の王女アナスタシアは、本当に美しい人だ。

（アリスと一緒に王宮の舞踏会に行くなど、夢のまた夢……）

「気づいていたんですね……いつから？」

「それが、不思議なんです。気づいたのは最近のはずなのに、ずっと前から知っていたような気がします。それと子供の頃、殿下と遊んだ記憶がございます」

アリスのかけている眼鏡が魔導具であると、ずっと前から気づいていた。でもそれを口に出すのが怖かった。

（どうして、あなたは自分の正体を隠しているの……本当は誰なの？）

そんな疑問を胸の奥に押し込めてきた。アリスが大好きだったから、ずっとそばにいてほしかったから。

「ええ、遊んでいただきました。改めまして、コノート王国第三王女アナスタシアです。いつぞやは誘拐犯からお守りくださりありがとうございました。あなたは私の命の恩人であり、英雄です」

目の前には、セーラなど及びもしない美貌を持った艶やかな女性が、気品あふれる姿で腰を折る。

「とんでもございません。王家の忠臣として当然の務めを果たしたまでです」

セーラはさらに腰を低くした。

「そう……、あなたの幸せを祈っています」

アナスタシアは小さくつぶやくと、セーラに背を向け静かにサロンを後にした。

これでアリスとセーラの関係は終わった。セーラから、終わらせるべきだと思ったのだ。

しかし、気づくとセーラはアナスタシアを追って駆け出していた。光り輝く銀髪に、すらりとした後ろ姿、廊下でアナスタシアを呼び止める。

「アナスタシア殿下！　ご無礼を承知で申し上げます。どうか、私の結婚式にお越しください。そしてあなたが守ってくださった私の幸せを見届けてください」

振り返ったアナスタシアの美しい面立ちに、アリスのいつもの明るい笑顔が重なって、セーラは涙で前が見えなくなった。

「はい、喜んで。私のお嬢様」

そんな柔らかい声が耳元で響いた。


――ヘルズ家は取りつぶしになり、セーラとフランネル家には多額の慰謝料と賠償金が支払われた。

ただ、事が事だけにヘルズ家の謀反の話は公には伏せられている。国家を脅かす一大事だからだ。ゲイリーは人身売買の罪で、極寒の地へ送られ強制労働となった。

ゲイリーが極寒地から出てくることは、二度とない。

エピローグ

アリスはアナスタシアとして、セギル王国を正式に訪問した。

夜会で来賓として、王女然としてアナスタシアは挨拶をこなす。

夜会が終わると、アナスタシアは久しぶりの公務に、いささかぐったりしていた。

「せっかく来たのだから、王宮ではなく、俺の屋敷で滞在しないか。その方がくつろげると思う。疲れたろ?」

夜会の後、ランスロッドに誘われた。

「いったい、いくつ屋敷を持っているの?」

アナスタシアがあきれたように言うと、ランスロッドはなんでもないことのように答える。

「個人資産があって、それを運用したんだ」

「まさかとは思うけれど、ランスの個人資産って、あのアメジスト商会だったりする?」

ランスロッドは微笑むだけで何も答えなかった。

「そういえば、もらったペンダントもアメジストだったわね」

アナスタシアはそう言いながら、胸元に下がるペンダントに触れる。

「当然じゃないか、君の瞳の色なんだから」

「ええ？　まさかそれを店の名前に？」

「今さら気づいたの？」

ランスロッドの突然の告白に、アナスタシアはなんと答えてよいかわからず真っ赤になる。

彼はそんな彼女を見て笑いながら、手を取り馬車へと乗せる。

馬車は王宮を後にして、街道を走った。以前行った隠れ家ではなく、ランスロッドが住むという離宮へ向かう。

夜に浮かぶ白亜の建物の前で馬車から降りると、月明かりに照らされる庭には見事な大輪のバラが咲き乱れていた。

「愛人がいたら、許さないからね」

ランスロッドが苦笑する。

「そんなわけないだろう？」

「冗談よ」

そう言ってアナスタシアも笑う。わかっている。彼がそんな人ではないと。


翌朝もからりと晴れ、離宮の庭園は花盛り。アナスタシアとランスロッドは、軽く朝食を済ませると、庭園の散策に出た。

「そうだ。あなたにお礼を言わなければ。ヘルズ家の使用人たちの件、本当にありがとう」

ランスロッドが、彼らに新たな職場を手配してくれた。それから、サリーの消息も教えてくれた。彼女は幸せな結婚をして、所帯を持っているという。

「別にたいしたことではないよ。本当に君はどこにでもなじんでしまうんだね」

アナスタシアは、彼の言葉に曖昧な笑みを浮かべる。

「私は地味に暮らしたいので、ランスが王位を継がないと嬉しいのだけれど。でももしも王位をお望みなら、お好きなように。その時は付き合うわ」

昨夜の夜会で、ギフト持ちで優秀なランスロッドを王にと推す派閥もいると聞いた。今回の件でも彼は目立ってしまったようだ。いくら隠しても噂は広がってしまう。もちろん、アナスタシアの強大なギフトの話が漏れることはなかった。

「大丈夫。兄上には立派な王になってもらうから、安心して。今回は君のおかげで、公爵一派も一掃できた。俺もなるべく掃除して、君が住みやすい国にして迎えに行くから」

「いいえ、そこまでは望んでいないわ」

彼女が笑って首を振る。

「アナスタシアはそれほど大きな力を持ちながら、なぜ地味に暮らしたいんだ？『お嬢様』に恩返しがしたかったから、侍女をやっていたというのはわかるけれど。これから先も静かに暮らすつもりなのか？義侠心(ぎきょうしん)にあふれたアナスタシアなら、悪を成敗していきそうだ」

面白そうにランスロッドが言うのを聞いて、アナスタシアがふっと嘆息を漏らした。これから彼女がする話は、誰にもしたことがない。

「長い話よ。信じがたいことに、私には前世の記憶があって。遠い昔、この世界に魔物があふれ、人間を襲っていた頃、私は異世界から勇者として召喚されたの。もちろん強い魔物を倒すまではうまくいっていたわ」

アナスタシアは、過ぎ去った輝かしい時に思いを馳せ、そっと息をつく。隣で真剣に耳を傾けているランスロッドのために、再び口を開いた。

「でも、戦乱や混迷の中でこそ、強い力は必要とされる。平和になれば、為政者の道具に成り下がってしまう。とはいっても、細かいところは覚えていないけれどね。ランスロッドも勇者の伝承は知っているでしょう？　荒唐無稽な話だから、信じるかどうかはあなた次第」

ランスロッドが声を立てて笑う。

「長い話と言ったわりにはずいぶんはしょったものだね。もちろん、知っているし、信じるよ。そうか、アナスタシアは細かいことは覚えていないのか。それは残念」

ランスロッドが遠い昔を思い出すかのように目を細め、よく晴れた空を仰ぐ。

「え？」

「その勇者様にお仕えしていた立派な魔法騎士がいたはずなのだけれどね。残念ながら、彼の活躍は伝承にはほとんど残っていない。けっこういい奴だったんだがな」

アナスタシアはランスロッドの言葉にうなずく。

「ああ、いたわね、軟派な魔法騎士が。金髪碧眼の美形で女たらしだけれど、妙に腕が立つ魔法騎士」

アナスタシアは空を見上げ、はるか昔に一緒に戦った頼もしかった魔法騎士を思い出す。当時彼は彼女を『姫勇者殿』と呼んでいて、安心して背中を預けられる仲間だった。

「そういえば、彼は最後まで私と行動を共にしてくれたわ。驚くほど、忠誠心が強くて、私が火刑に処されている時、剣で自身の胸を刺し貫いて……また来世で会おう的な。今でも印象に残っているわ」

異世界から召喚された前世の自分とは違い、あの世界の住人であった彼には、生きていてほしかった。

しばし言葉を切ったアナスタシアに、ランスロッドがいたわるような柔らかい眼差しを注ぐ。そんな彼の視線に背を押されるように、アナスタシアは前世の思いを吐露する。

「過ぎた力を持った私は、平和な世の中には不要どころか悪になると、しっかりと彼に言い聞かせておけばよかった」

ほんのりと声に後悔がにじむ。アナスタシアは転生した。よって、前世勇者であった彼女とは別人格で記憶が残っているだけなのに、なぜかとても切なく、悲しい。

「言い聞かせても、結果は同じだったよ。彼は勇者様を愛していたのだから」

「え？　まさか、あれは……」

前世の魔法騎士の姿と、目の前のランスロッドの姿が重なる。成長した彼は、かつての魔法騎士にそっくりだった。あともう少しで彼の年齢に追いつく。

「そうです。今さら思い出しましたか、姫勇者殿。すべてを捨てて、あなたと逃げる手はずを整えていたのに、あの時は間に合いませんでした」

そう言ってランスロッドは古式ゆかしい騎士の礼をして、アナスタシアの手を取りキスを落とした。


――はるか昔、彼は私に永遠の忠誠を誓ってくれた。

――彼だけが、いまわの際までそばにいてくれた。

――どうしてこんな大切なことを忘れていたのだろう……。


前世の彼との記憶が去来した瞬間、アナスタシアの胸に痛みが走る。

自分の誤った判断が彼を死なせてしまった。アナスタシアはその痛みを静かに受け入れた。

「でもどうして今世でのギフトはヒーラーなの？　前世の記憶があるのならば、魔法騎士になりそうなものなのに」

「姫の死に際に、今度もし生まれ変われるなら、治癒の力が欲しいと強く望んだ。その結果、本当に今世で、国一番のヒーラーのギフトが発現したんだ。もちろん剣術も強いよ。前世の技もすべて思い出した。それからは敵なしだよ」

ランスロッドは屈託なく笑った。彼の強さはよく知っている。そう言われてみれば、あのまったく迷いのないランスロッドの太刀筋は熟練の騎士のものだ。

彼のギフトはきっとヒーラーだけではない。騎士としての強い思いが、彼の魂に深く刻み込まれているのだろう。

『いつでも何をおいても、俺は君を助けに行く』

セギルに着いて、初めて彼に会った日にランスロッドが口にした言葉を思い出す。

はるか昔にも魔法騎士から同じ言葉を聞いた。魔法騎士の言葉に嘘偽りはなかったのに、勇者は彼の前から姿を消すことを選んだ。

「ねえ、ランスはもしかして、私と初めて会った時に前世を思い出したの？　それで一目ぼれ？」

そう考えれば納得がいく。

「まさか。あの頃はまだ六歳だ。アナスタシアを初めて見た時、月の光が人に姿を変えて、俺の前に降りてきたのかと思った」

アナスタシアはそれを聞いて噴き出した。

「ランスって、本当に面白いこと言うのね。ロマンチストなの？　新しい発見だわ」

「俺は本気だよ。周りの星がかすむくらい。綺麗だと思った」

アナスタシアはふと頬を赤らめ、話題を戻す。これ以上ランスロッドの口から自分に対する美辞麗句（びじれいく）を聞いていられない。恥ずかしくて。

「それで、いつ思い出したの？」

「俺がギフトに目覚めた七歳の時だよ。驚くほどすんなり前世の記憶を受け入れられた。君のこともすぐに思い出した」

「私とは大違いね。前世の記憶はところどころ欠けていて。それでもまた権力者の道具に成り下がるのは嫌だと思って、自立を目指したわ」

「それは俺も同じだ。だから君は地味に生きたいんだろ」

アナスタシアは愁いを含んだ表情で、ランスロッドの言葉にうなずく。

「だから、私は『アリス』が好きだった。彼女の自由な生き方が気に入っていたの。でもずっとアリスのままではいられない」

「それで、これからはどうするの？」

ランスロッドは軽い調子で聞いてくる。

「アナスタシアとして生きていくわ。お嬢様にもバレてしまったし」

ランスロッドはアナスタシアの言葉を聞いて、噴き出した。

「どっちも君じゃないか。少なくとも俺にはそう見える。アリスであってもアナスタシアであっても、突っ走ったら止まらないし、悪い奴らには正義の鉄拳を下すし。俺にとって君はたった一人のお姫様だ。それも飛びきり元気なね」

楽しそうに紡がれるランスロッドの言葉は、アナスタシアの前世からのわだかまりを溶かしていく。

今まで忌まわしいと思っていたギフトすらも、恩恵と感じさせてくれる。彼は当たり前のことを気づかせてくれた。この力があったからこそ、再びこうして大人になった彼と、一緒に同じ場所に立っていられるのだ。

（そう、私は今、幸せなのね）

そんな思いがアナスタシアの胸に広がる。

蓮池の前でランスロッドは立ち止まると、アナスタシアの手を引き寄せ、まるで壊れ物を扱うように優しく抱きしめた。

彼の熱がほんのりと伝わってくる。胸に頭を預けると、少し速い鼓動が感じられアナスタシアはなぜが落ちつかない。彼の手がアナスタシアの頭をなで、長い指が髪をすく。このままずっとこうしていたいと思った。

「必ず、守るから。ずっとそばにいてほしい」

こいねがうようなランスロッドの言葉に、アナスタシアは小さく笑う。

「私はあなたの姫なのでしょう。これからも、あなたがついてきてくれるのではないの？」

「言ったね。アナスタシア、もう絶対に一人にしないから」

ランスロッドの顔がほころび、彼の腕に力がこもる。アナスタシアは、ぎゅっと抱きしめられた。

この胸の高鳴りは友情ではなく間違いなく恋で、アナスタシアはランスロッドを愛している。

額に彼の唇がそっと触れた。

「アナスタシア、愛している」

ランスロッドが少し腕を緩め、アナスタシアの紫の瞳を覗き込み、まっすぐな愛の言葉を告げる。前世と同じように、彼が先に愛の言葉を口にした。

だから、アナスタシアも、前世は彼を巻き込みたくなくて、言えなかった言葉を口にする。

「私もランスを愛している。……こうしていると、子供の頃あなたに何度も付き合わされた結婚式ごっこを思い出してしまったわ」

そう言ってアナスタシアは笑いだす。

「どうして君は、こんな時にそんなことを思い出すんだよ」

ランスロッドは、照れくさそうに赤くなる。

それから、二人はお互いの額をくっつけ、笑い合った。子供の頃、そのままに。

ひとしきり笑った後、アナスタシアは高く青い空を見上げた。

「今の平和な世の中に、私たちの力は恐らくあまり必要とされないでしょう。ひっそりと楽しく暮らしましょう。そうね、時々は……悪を倒しながらね」

アナスタシアが、いたずらっぽく微笑んで、ランスロッドに目を向ける。

「ははは、俺のお姫様なら、そう言うと思ったよ」

ランスロッドは笑い声をあげ、アナスタシアを高く抱き上げた。いきなり視界が高くなり、彼女はびっくりすると共に懐かしさを覚える。こんなことは子供の頃に父親にされて以来だ。

「ちょっと、何？　子供じゃないんだから！」

アナスタシアのきらきらと光る銀髪をふわりと風が揺らす。

「アナスタシアは子供の頃から高いところが大好きじゃないか」

いつもは見上げるランスロッドの青い瞳が、今は下にある。

「たまにはこうしてランスを上から見下ろすのもいいわね」

いつもと見える景色が違って、それはそれで気持ちいい。アナスタシアの口元がほころんだ。

「じゃあ、このまま離宮に戻ってお茶にしよう」

「ちょっとランス、馬鹿なこと言わないでよ」

アナスタシアは本気で焦った。その瞬間、すとんと彼の腕の中に体が落ちる。

「今日は君の大好きな洋ナシのコンポートだよ」

「ねえ、もうわかったから下ろしてよ」

今度は横抱きにされたアナスタシアが文句を言う。

ランスロッドは、楽しそうに笑うばかりで下ろさない。

「下ろしてあげる代わりに、君の里帰りに俺も連れていってよ。収穫祭を見てみたいんだ」

アナスタシアは声をあげて笑う。

「あなた毎年のようにそう言っていたわね。いいわよ。祭りの競技に参加するならば」

「祭りの競技？　それは何？」

「ふふふ、レイン領ではいっぱいに詰まった葡萄の桶と樽を運べなければ、男として認められないのよ」

「まかせて！　力自慢なら得意だ」

そう言って、ランスロッドがやっとアナスタシアを地面に下ろしてくれた。今度は二人手をつなぐ。

「ランスったら、甘く見ていると痛い目にあうわよ？」

「俺は君専属の騎士だよ。負けるわけがないだろう」

自信満々に言うランスロッドがおかしくて。

「その競技、男性たちだけのものだと思っているでしょ？」

アナスタシアが美しいアメジスト色の瞳を光らせる。

「え？　違うの？　もしかして女性も参加するとか？」

ランスロッドが、意外そうにアナスタシアを見る。

「そうなの。男女混合競技よ。ちなみに去年優勝したのは女性なの」

「は？　冗談だろ？」

アナスタシアは、ランスロッドとつないだ手をするりと放す。

「コノートの、特にレイン男爵領の女をなめないことね！」

そう言うと同時に、アナスタシアは風のように駆け出した。

「ねえ、ランスは足も速いのでしょ！　どっちが離宮まで早く戻れるか。競走しましょう！」

「ちょっと、アナスタシア。君はもう走りだしているじゃないか！　反則だよ」

慌ててランスロッドが追いかけてくる。

「あなたが私をつかまえられなかったら、反則だって認めてあげる」

「どっちだっていいさ。俺は絶対に君をつかまえる！」

二人の明るい笑い声が庭園に響き、さわやかな風が吹き抜け、水面と蓮の花を揺らす。

アナスタシアとランスロッドの幸せで楽しい一日は、始まったばかりだ。

FIN

あとがき

こんにちは、別所燈と申します。

本作品は初めての書き下ろしです。

このような素晴らしい機会をくださり、感謝しております。


「極上の大逆転シリーズ」ということで、担当編集様にいくつかのキーワードをいただき、それを組み合わせて話を作りました。

過去の作品では『ざまあ』は因果応報型でしたが、今回はヒロインが直接殴り（物理）に行きます。

書いていて新しい扉がいくつも開いたような気がしました。


ヒロインのイメージは美しくて強い、まさに表紙の通りです。

素敵なイラストかいてくださったゆのひと先生に感謝を。

美麗なイラスト共に楽しんでいただければ幸いです。

また今回ヒロインが強すぎて無双しかけましたが、軌道修正してくださった担当編集者様、編集協力者様本当にありがとうございます。
校正様、そしてこの本の出版に携わってくださったすべての方々に御礼申し上げます。
最後にこの本を手に取ってくださったあなたに最大の感謝を捧げます。
どこかで、また出会えることを願って。

別所(べっしょ)　燈(あかり)

王女はあなたの破滅をご所望です
～私のお嬢様を可愛がってくれたので、しっかり御礼をしなければなりませんね～
【極上の大逆転シリーズ】

2023年10月5日　初版第1刷発行

著　者　別所 燈

発行人　菊地修一

発行所　スターツ出版株式会社

〒104-0031　東京都中央区京橋1-3-1　八重洲口大栄ビル7F
☎出版マーケティンググループ　03-6202-0386
（ご注文等に関するお問い合わせ）
https://starts-pub.jp/

印刷所　大日本印刷株式会社

ISBN　978-4-8137-9269-7　C0093　Printed in Japan

[別所 燈先生へのファンレター宛先]
〒104-0031　東京都中央区京橋1-3-1　八重洲口大栄ビル7F
スターツ出版（株）　書籍編集部気付　別所 燈先生

ベリーズ文庫の異世界ファンタジー人気作

Berry's fantasy ベリーズファンタジー にて

コ・ミ・カ・ラ・イ・ズ・好・評・連・載・中・！

しあわせ食堂の異世界ご飯 ①〜⑥

ぷにちゃん

イラスト　雲屋ゆきお

定価 682 円
（本体 620 円+税 10%）

平凡な日本食でお料理革命!?
皇帝の胃袋がっしり掴みます！

料理が得意な平凡女子が、突然王女・アリアに転生!?　ひょんなことからお料理スキルを生かし、崖っぷちの『しあわせ食堂』のシェフとして働くことに。「何これ、うますぎる！」――アリアが作る日本食は人々の胃袋をがっしり掴み、食堂は瞬く間に行列のできる人気店へ。そこにお忍びで冷酷な皇帝がやってきて、求愛宣言されてしまい…!?

ISBN：978-4-8137-0528-4　※価格、ISBN は 1 巻のものです